中国式青春

CHINESE YOUTH

华子胥

著

陕西新华出版

太白文艺出版社·西安

图书在版编目（CIP）数据

中国式青春 / 华子胥著. –– 西安：太白文艺出版
社, 2021.1（2024.1重印）
ISBN 978-7-5513-1904-1

Ⅰ.①中… Ⅱ.①华… Ⅲ.①中篇小说－小说集－中
国－当代 Ⅳ.①I247.5

中国版本图书馆CIP数据核字(2020)第223828号

中国式青春
ZHONGGUO SHI QINGCHUN

作　　者　　华子胥
责任编辑　　曹　甜
封面设计　　秦呈辉
版式设计　　建明文化
出版发行　　太白文艺出版社
经　　销　　新华书店
印　　刷　　天津旭丰源印刷有限公司
开　　本　　889mm × 1194mm　1/32
字　　数　　170 千字
印　　张　　8
版　　次　　2021 年 1 月第 1 版
印　　次　　2024 年 1 月第 3 次印刷
书　　号　　ISBN 978-7-5513-1904-1
定　　价　　48.00 元

我伏在岁月的脊背上，
看见时间的褶皱里，
遗落着我不变的情怀。

目录

◇ 穿铠甲的男人

◇　苏醒的晨光

穿铠甲的男人

—— 谨以此故事献给

在抑郁症中挣扎的人们

第一章　钱正的葬礼

　　田磊绕了停车场一圈，终于找到了一个停车位。

　　今天是钱正的葬礼，那个曾经亲切地叫他"磊子"的钱大哥，前天自杀了。

　　殡仪馆大门口已经聚集了许多人，大多数都和田磊打过照面，或在各种讲座上，或在法庭上。滨海的律师，来了一大半儿。大家穿着黑色的衣服，三五成群，低声说着什么。

　　田磊突然感觉心头涌起一股巨大的悲伤，上次和钱大哥见面还是在所里的电梯口，还在和钱大哥聊年轻律师缺案源的事，怎么突然人就没了呢？怎么他就躺在这个地方了呢？感觉这场面好不真实，然而，他此刻却身在这里，他感觉喉咙好干。

　　签到后——是的，签到，现在干什么事都要签到，葬礼也不例外。工作人员发给他一朵小白花，他别在胸口处，开始四处张望。平时眉飞色舞、神采飞扬的一群律师，现在大多数都沉着脸，虽表情严肃但不见哀伤。

　　钱正，广东省荣邦律师事务所的一名优秀男律师，今年才三十七岁，风华正茂的年纪，家中上有七十父母待孝，下有两岁小儿待哺，他这一去，家里的天都塌了。

家属中那位哀伤的老母亲，被身边的两个子女挟着，眼中的悲痛，让人心痛，不忍直视。

葬礼正式开始，冰冷而程式化，连钱正真正的死因都只字未提，只说是突发疾病。一个人一生的功名成就，半个小时就交代完毕了。平时忙碌工作，难道就是为了葬礼上，让别人念这半个小时的稿子？田磊想到这里就开始烦躁。

就在大家排队向遗体鞠躬时，那位悲伤的母亲突然大喊："我再也看不见我的儿子了啊！"众人闻之，无不落泪。此刻，她多想陪他心爱的儿子一同去另一个世界啊！锥心之痛，母亲失去孩子的锥心之痛，是任何其他人都体会不到的，毕竟，孕育这个生命的时候，母子曾血肉相连。人间大苦，莫过于此。这位母亲到底都想不通，她优秀的儿子，为何要自杀？到底有什么想不开的呢？

这也是其他人想知道的。

但是大家刻意回避这个话题，好像谈了是对死者不敬，是对死者家属的再次伤害；也有好奇的，但是如此场合，不是八卦的时候。

事发突然，钱正留下的案子，所里的律师紧急之下，只好重新分配。维护当事人的利益，无论什么时候都是要考虑的。

葬礼结束后，田磊头也不回地离开了，谁也没有等，没有去找相熟的同事。有人在背后喊他，他装作没听见，他不想说话。

回到车上，望着大门口还未散去的黑压压一片的人，田磊突然有种异样的感觉，就好像，这是他自己葬礼的演习。有一天，他也会躺在这里，被一些平时没那么关心他的人围观，评说着他的人生。这么一想，田磊更加心烦了。

自己要是死了，绝对不能像展品一样被人围观，说三道四。他想。

车配合着他的心情，像炮弹一样射了出去。

回到所里，他看见大家都在忙碌，打电话的，会见客户的，写材料的，一片欣欣向荣的景象，丝毫没有被钱正的事情影响。他突然觉得胸口很闷，一股猛烈的坏情绪瞬间占领了他的心。他突然很想发狂，想摔东西，他压抑极了，但是残存的理智死死地束缚着他的双手。

"磊子！"包晔喊道，"你怎么了？看你目光涣散，表情严肃，好像要打人的样子。"

"包大哥，不知道怎么回事，我心情很差。"田磊花了好大的力气抑制住自己的坏情绪，用平静的语气说。

田磊是个喜怒哀乐都写在脸上的人，包晔心想：这个你不说我也知道。

"咋的啦？是参加完钱律师的葬礼，心情低落吧？咱俩出去抽根烟吧。"

于是，两个人跑到昏暗的楼梯间，一人点燃了一根香烟，吞云吐雾了起来。电影《志明与春娇》里志明和春娇就是在抽烟的时候勾搭上的，气氛非常浪漫。不过两个男人在一起抽烟，就毫无浪漫的感觉了，狭小的空间里弥漫着郁闷、不想干活的颓废气息。

"你知道钱正是怎么死的吗？葬礼上说的是暴病，你信吗？"田磊问道。

"当然不信，古代哪个帝王被人弄死了，都说暴病。哪有那么多暴病，心病还差不多。"

包晔见多识广，早年在机关单位待过八年，又在国企、私企做过高管，去年以三十五岁的"高龄"下海做律师，用他的话来说，"给人做孙子做了半辈子，腻了，出来给自己打工了"。他身高一米七七，岁月的痕迹刻在小圆脸上，头发很短，略微驼背，将军肚里满是人生哲学，虎背熊腰，走起路来像领导巡查。

做律师当然自由，自由地选择今天有没有钱赚，在哪里赚钱。由于生活阅历摆在那里，往往田磊还在被当事人绕得糊涂的时候，包晔已经猜到了事情全貌（包括当事人隐藏不想说的那部分），并且迅速地做出了分析和解决方案。没有生活经验，再多的法学理论都是纸上谈兵，说到底，法律是用来解决问题的，在这一点上，包晔和田磊是理论和实践完美结合的一对搭档。两个人也因此成了工作上和生活中的好兄弟，放心地把彼此的后背留给对方。

"心病？事业成功，家庭幸福，还会有啥心病？"

吐出一个烟圈，田磊觉得此刻心里舒坦多了，胸口也不那么闷了，不知道是尼古丁的作用，还是包大哥和他说说话，缓解了他的坏心情。

"磊子，拥有越多的人，心越累，越容易有心病，因为他害怕失去，要维持拥有的这些；相反，什么都没有的人，顶多就是焦虑着怎么去拥有。抑郁症可是优秀的人才能得的病。"

"有道理！或许钱正就是这样，背负的名利太多，反而不快乐了。"田磊若有所思。

"何止是不快乐，是痛苦得活不下去了。"包晔戏谑地说。

"包大哥，我觉得你肯定不会得抑郁症。"此刻，田磊的心情已经好起来了，开始和包晔开起了玩笑。

"为啥？因为我不够优秀吗？"包晔假装很失落地说。

"因为上次咱俩一起出差，你在出租车上，上一秒还在和我说话，下一秒就开始打呼噜了。这睡眠质量，无人能及！"田磊开始狂笑。

"哈哈哈！这点我很自信，我是最近带孩子太累了。等你有了孩子就知道了，睡一个整觉比登天还难！"包晔苦着脸说，但是心里十分满足。

"真是甜蜜的负担啊！我现在连自己还活不明白呢，不敢想养孩子的事。"田磊又猛吸了一口手中的烟。

田磊之前有个女朋友，因为当时他刚执业，案源少，收入低，等不及他收入提上去，女朋友就找了个大她十几岁的有钱男人嫁了，说是有钱，其实也就是有八套拆迁房。但是在这个城市里，一套房子动辄两百万以上，首付三成至少也要六十万，对于一个年薪刚过二十五万的小律师来说，扣除所里提成和各项支出，如果没有中彩票，年收入也就十七八万，那么买房的计划，短时间内是无法实现的。田磊今年二十九岁，还算年轻。但是又有哪个女孩愿意将自己的青春和未来生活的保障押在一个没背景、没后台，今天不知明天有没有收入的年轻律师身上呢？因此，即便田磊长相俊秀，眉峰如剑，眼含秋水，一米八的个头，身材挺拔匀称，奈何没房没存款，一辆破车还是二手的，那些背着LV、GUCCI、CHANEL（真假不知道）名包的年轻姑娘，除了偶尔撩拨他一下，也并没有在他身边多做停留。现代社会，年轻姑娘们向往轻松、富足、体面的生活，省略中间的奋斗环节，给自己的美貌保鲜，这也无可厚非。

两个人抽完了烟，回到办公室，约的客户已经到了，在会议室等待着。一个涉嫌非法经营的犯罪嫌疑人的丈夫，田磊向他介绍了一下委托流程，让他回去考虑。几万块的律师费，对于大多数客户来说，还是一笔需要深思熟虑的费用。但这个客户却出奇地果断："我就委托你们二位了，签协议吧！"

田磊很惊讶，意味深长地望了包晔一眼，两个人交换了一个眼神，都有点惊讶。办完委托手续，刷了卡，包晔突然问了这男客户一句："请问你妻子涉案的出版物，你看过吗？"

男客户低下头，想了一下说："看过，是关于新余教派的。"

"那你信这个教吗？"包晔突然问道。

"我不信！"男客户眼神闪烁不定，不敢与包晔对视。

"你妻子信吗？"包晔紧接着问道。

"她也不信。"男客户有点不耐烦。

"好的，我知道了，希望你不要介意，我们也是尽可能多地了解一下情况。"

送走了客户，田磊问包晔："你为啥问他们信不信教呢？"

包晔不紧不慢地说："因为对于非法出版物来说，内容很重要，我们可以通过内容了解嫌疑人的动机。这次涉案的非法出版物内容是关于宗教的，如果嫌疑人信仰这个宗教，那么她会认为牺牲自己传教是一种奉献，你去会见她时，她会较为平静、坚定，这种情况下，她说的话就要注意了，因为她不见得会将全部事实告诉你。如果嫌疑人并非这个宗教的信徒，那么此时一个好好的编辑突然被抓了，无论她是否知道这是违法的，她都应该很气愤、害怕。据我观察，这个男客户应该是一名信徒，他的眼神闪烁不定，怕被人看穿。人的眼神是很难伪装的。他的妻子是不是信徒，我们去会见时可以观察一下。"

下午，在看守所，铁窗对面是气急败坏又十分害怕的嫌疑人，说到委屈处，她流下悔恨的热泪。听她说了一下情况，大体是说被人诱骗干了这个事，自己不知道是违法的云云。

结束会见后在车上，田磊说："包大哥，我看这个章某不像个信教的，好像真的很委屈。你觉得呢？"

"嗯，她确实不像是信徒，但是不是委屈，我们还要等到阅卷阶段看证据，刚进来的人还处于应激状态，也有善于伪装的。她的话，我们要信，但也不能全信。有些问题，下次你再来问，可能答案就不一样了。我们拭目以待吧！"

"嗯，做刑事案件跟破案似的，公检法方面要去说服，自己的当事人还要留心眼，真是处处都要小心呀！"田磊长叹一声。

说归说，回到办公室，田磊还是开始搜集案例和法条，认真地做了准备工作。认真、严谨，作为海大法学院的高才生，这是他的优点。

晚上加班后回到租住的房子，已经十一点了，这是律师工作的常态。回到家泡了碗泡面，终于可以摘下领带，放松地躺在沙发上休息一下了。他好疲惫呀！

他想起白天参加葬礼时的情景，心情莫名其妙地又开始低落，闷，胸口有点痛。他挣扎着坐起来，打开空调，一股人工冷气让他清醒了不少。

他记不清自己有多久是这样的状态，突然感觉心情很糟糕，很烦躁。刚开始他并未在意，他想，应该是工作生活压力太大了，出去找朋友吃顿烧烤、喝顿酒就没事了，毕竟在东北人眼里：

没有一顿烧烤解决不了的问题；如果有，那就两顿。

两顿烧烤、三顿烧烤，天天晚上烧烤，始终不见效果。他开始怀疑自己是不是得了抑郁症。

今天这股情绪尤其强大，好像要把他吞噬了一样。他已经有点无法控制它了，他不快乐极了，他甚至想就此死了算了。

这个想法一冒出来，他自己也吓了一跳，理智告诉他，他或许真的得了抑郁症。

"不应该呀！包大哥不是说了，拥有很多的人才会得这个病吗？我一穷二白，连个房子都买不起，居然也能得，说明我具备变得优秀的潜力呀！"天生的喜感，让他即便想死，还是会自我调侃。

挣扎了一宿，还是没睡着，他清晰地感觉自己的每一个脑细胞都在陪他失眠，它们也好疲惫，却怎么都无法自然睡去。

第二章　美女医生

第二天早上开庭。

田磊一边穿律师袍一边对包晔说："包大哥，我昨天失眠一宿，今天你主讲吧。"

"没问题，你就在旁边休息一下，等我说得不对的时候把我拉回来就行。"包晔一如既往地体谅别人。

双方激烈地争辩，法官生无可恋地听着，他一定觉得很烦，双方各说各的，分歧很大，他还要写一个过得去的判决书给大家评论对错。

田磊看着眼前的景象，有点恍惚，毕竟他前天也没睡好，连续两天失眠到天亮，让他有种深深的无力感，脑子也转不动。

庭审结束后，包晔问："磊子啊，我发现你最近有点不对啊，精神好像很不好。"

"是呀，所以我在想，我是不是得了抑郁症。"对于包大哥，田磊觉得没有隐瞒的必要。

"那真要去看看，今天下午的会你不要去了，你去医院看看吧，有病咱就治，没病就预防！"包晔装出一副轻松的样子。

"好。"田磊想，确实要去看看了。

大岗区人民医院精神科诊室前，田磊此刻站在这里，心想：哥们儿我居然也有机会站在这里，人生真是奇妙！

之所以选这家跨区的医院，是为了避免遇到熟人，来看精神科他总觉得不是什么光荣的事。

他坐在一个角落等叫号。因为太累，他居然昏睡过去了。

"帅哥，醒醒！"一个激灵，田磊醒了，揉揉眼睛，看见眼前一个穿着白大褂的美女正在看着他，"你是不是田磊？"这个美女大眼睛忽闪忽闪的，白白的皮肤，披肩长发，柳叶弯眉，瓜子脸，不施粉黛，纯天然清爽的感觉，真是漂亮极了。田磊一时间也看得忘记了自己是来干吗的。

"问你呢，睡蒙啦？你是田磊吗？"美女医生见状，知道又一个病人被自己的美貌震惊了。

"我是！"田磊如梦初醒。

"病人都走光了，你是来看病的吗？"美女医生见他清醒了，站直身体问他。田磊看了一眼屏幕，他的名字变成了红色的，孤零零地滚动在"过诊病人"一栏。

"我是来看病的。"田磊说完咽了一下口水。

美女医生头也不回地说："跟我来吧！"

田磊紧跟着美女医生来到诊疗室。

"你哪里不舒服呢？"美女医生关切地问，眼睛淡定地直视田磊的眼睛。四目相对，田磊心底的秘密仿佛立马被揭穿了一样，果然美貌就是武器，他立马就投降了。

"我、我感觉很不开心，经常莫名其妙地心烦、失眠，觉得很难受。"说出这句话，田磊心中的大石仿佛松动了一些，让别人知道自己的感受，就好像多了一个人承担。

"想过死吗？"美女医生放下笔，头靠过来，轻声问。

田磊显然没有想到这美女医生如此生猛，但转念又一想，医生什么没见过，生死在他们眼里可不是再正常不过吗！

"想过。"田磊老老实实地回答。

美女医生停了一下，心想：长得这么帅得了抑郁症真是可惜了。

"你做下这些测试题。十分钟内做完，就凭感觉，不要去思考。"

"好。"做题田磊在行，放眼望去都是选择题，趴在桌子上奋力打钩。

做完之后，他交给美女医生。又过了两分钟，美女医生说："田先生，恭喜您，您得了中度抑郁症，需要治疗。"

"这有啥好恭喜的？"田磊问道。

"恭喜您选择了专业的治疗机构，这是治愈疾病的第一步，不是人人都这么幸运的。"美女医生调皮地说。

"哦，那我该怎么办呢？"田磊心里居然没有特别难受，反而松了一口气，连日来的压抑终于找到了原因。

"目前为止，抑郁症的治疗，主流治疗方法是药物治疗、心理治疗和物理治疗。药物治疗要谨遵医嘱，要选择合适、正规的抗抑郁药；物理治疗就是一些调节神经功能的治疗方法，比如电击治疗等，可以改善抑郁症。现阶段，我建议你用药物治疗配合心理治疗，物理治疗视情况而定。你是从事什么工作的呢？平时压力大吗？"

"律师，压力挺大的。有案子做压力大，没案子做压力更大。"田磊叹了口气。想到自己的案源，又叹了一口气。

"我理解，我父亲也是律师。整天忙得不见人影。"美女医生笑着说。她笑起来可真好看，像一朵花一样。

"哦，我和你父亲比不了呀，成就没多少，先得了个抑郁症。"田磊有点灰心。

"不要这样说，抑郁症就是很普通的一种病，就像感冒，只不过是心灵感冒，只要得到正规的治疗，有信心，有毅力，就一定可以治愈的，何况你还这么年轻。"

"谢谢你，我感觉好多了！"田磊感觉心里很温暖，这鼓励听着很平常，但是从美女医生的嘴里说出来，像金子一般珍贵。

"这是处方单，你先去拿药，要按时按量吃药，每个星期来复查一次。我根据你的情况，来决定下一步的治疗计划，好吗？"

"好的，谢谢你！"

出了医院，田磊的心情开始变好。

把药塞进包里，晚上约了几个哥们儿一起来了顿烧烤。

在饭桌上，他高声谈笑，意气风发，没有人会把这样一个青年才俊和抑郁症联系起来。

酒足饭饱，回到家，想起美女医生的叮嘱，吃了药倒头就睡，居然一觉到天亮，这感觉棒极了！早知道，就该早去医院的嘛！

今天田磊和包晔出差，去那座大街小巷都飘着《成都》这首歌的城市成都。

去成都，火锅是必吃的，川西坝子一顿火锅下去，胃里开始冒火。

下午开庭，民间借贷纠纷，田磊如有神助，每个脑细胞都贡献了自己清晰的思路、精准的反应，一个个跳跃着、竞赛着一般，打得对方一位老律师败下阵来。

包晔十分欣慰，看来吃药确实有用啊。

接下来的一周，田磊都按时吃药，有的时候睡得着，有的时候睡不着，但是总体上睡眠质量好了一些。

周末去复查时，田磊仔细看了美女医生诊室外挂着的名牌——欧阳靓，人如其名，果然是靓女。欧阳医生对于田磊显著的疗效倒没有特别惊讶，她说："你刚刚开始吃药，药物起到了一定作用。但抑郁症容易反复，要做好打持久战的准备，不能掉以轻心。"

田磊听着听着，望着那张俏丽的脸，开始走神。

"田律师，我知道我长得好看，但是你也不要这样一直盯着我看。这是这周的药，你去拿药吧。"欧阳医生靠在椅背上，调侃地说。

田磊意识到自己的失态，赶紧收回目光，他感觉十分不好意思，太丢人了！他问自己：我是那么爱看美女的人吗？然后他听到心底一个声音坚定地回答：是的，你是。好吧，爱美之心，人皆有之。他安慰自己。

田磊走到门口，突然回过头，鼓足勇气说："欧阳医生，我能不能加你微信呀？"

"啊？"欧阳医生抬起头，好像没听清。

"我说，我想加你的微信……"声音越来越弱。

"你要泡我啊？"欧阳的柳叶眉一挑，带着一点怒意。

"我……不是……我、我感觉我的病有时候情绪上来得特别突然，就想如果随时可以联系到你，我……"田磊紧张得舌头打结，语无伦次。

"唉，看你这么可怜，我答应你了。"欧阳看他可怜巴巴的样子，只好同意了。

田磊迈着轻快的小步伐出了医院，他感觉浑身舒爽，这欧阳医生可真是他的良药啊——不，她比药还有效！想到这里，他觉得自己好肤浅，想起包晔的那句口头禅："男人嘛，哪个不爱美女？"

欧阳医生在说"你要泡我啊"的时候，虽然看起来淡定、老到，其实她内心也是怦怦直跳，她也不知道为啥自己要说出这句话。她看着这个帅气的年轻律师不知所措的样子，内心爽极了，他一定被自己的豪放吓到了。医生和律师，不错的组合呀，哈哈！

正想着，手机响了，是田磊的微信消息："欧阳医生，谢谢你！我感觉好多了，还好遇到你。"

欧阳回复："先专心治病，不要总想着撩妹！"

田磊一看，正喝的一口水喷了出来，这个美女医生段位太高了，跟她聊天真是占不到便宜，还是撤吧。

第三章　精致的客户

　　VIP 会议室里，所里的中央空调卖力地制冷，赖金娥冻得够呛。作为一名电商老板，她在几年内迅速发家，今天是来咨询有关涉外股权转让纠纷的一个案子。朋友介绍说包律师是这方面的专家，刚打赢了几场官司，所以她慕名前来咨询。田磊先到所里，正在和赖金娥交换名片，包晔推门进来，简单地看了下材料，开始分析，好像未卜先知，把赖金娥说得频频点头，她心想：这律师不是法师吧，我还什么都没说，居然猜得这么准，果然厉害，就他了。

　　包晔报价六万块，两百万的标的，赖金娥本想着顶多两万块可以解决，没想到超出预算这么多。她有点犹豫，想磨一磨，让打个折。

　　包晔深知谈判必须让对方占便宜的道理，想了想，笑着说："您也是第一次委托我们，要不我们给您打个八折，四万八。因为是涉外案件，这个价格已经非常实惠了，我们办这个案件要比一般的案件花费更多的时间成本。要不您回去再考虑一下？"

赖金娥正不知道如何脱身，得此回复正合她意，就满口答应了。

她可不傻，自然是要货比三家了，上海女人的精致和精明在她身上得到了完美的体现。于是她又去了两家律所，奈何人家都说先委托，再给方案，至于诉讼方案，只字不提。相比之下，还是包律师和田律师更加靠谱。于是她硬着头皮给包律师发微信，说想再谈谈。

包晔收到信息，告知赖金娥下午他还有客户，暂时抽不出时间，可以在微信上沟通。赖金娥又问了好几个问题，却只字不提委托的事。

田磊说："这个客户什么意思？一直骚扰你，又不委托，这不是逗你玩吗？"

包晔说："这不是很明显嘛，把我们的方案套出来，再找家小所的律师做，减少成本呗！"

"真会算啊。"田磊说。

"也有第二个可能性。"包晔说。

"啥？"田磊好奇。

"她迷恋我的颜值，为了和我拉近关系，故意找我聊天。"包晔说着，整理了一下发型。

"哈哈哈！那你就牺牲一下，出卖一下色相，把这个案子拿下，咱俩这个月的办公室租金就有着落了！"

"妈呀！我的色相就值一个月的办公室租金啊？"包晔掩面。

"再加上这个月的电费，妥妥的！包大哥，就靠你了！"田磊拍了一下包晔的肩膀。

两人正在说笑，包晔的电话响起，屏幕上赫然显示着"赖金娥"。

"哈哈哈，说曹操曹操到，赶紧接！"田磊说。

包晔清了清嗓子："喂？赖大姐呀，有事吗？"同时按下了免提键，田磊关上了办公室的门。

"包律师啊，我还有个问题想确认一下呀，你现在有时间吗？"电话那头的赖金娥嗲嗲地说。

"我现在没有时间呀，一会儿准备开会了。我该说的都和您说了，您如果准备委托我们，就过来签一下委托协议吧，我们再开展下一步工作。"滴水不漏是包晔的说话风格，他就想看看这个想"白嫖"律师的客户怎么回复。

"哦，这样子呀，那你看晚上方不方便我在你们律师所的附近请你和田律师吃顿饭呢？"

"抱歉呀，我们下班都有约了。"包晔想：奶奶的，吃饭还不是为了咨询，一顿饭不停地问，这如意算盘打得响啊。你要是个美女也就算了，起码赏心悦目，一个半老徐娘还是拉倒吧。

"那……"赖金娥说来说去，就是不往委托上说。

田磊对着包晔竖起了大拇指。

"赖大姐呀，你要是没别的事，我就先挂啦。"包晔说。

"包律师，那我就委托你们吧，我等会儿过来签委托协议，你在所里吗？"赖金娥看包晔确实不是好对付的，想着案子也是着急，砍价的想法只能作罢。

二十分钟后，赖金娥又坐在 VIP 会议室里了，中央空调照样冷风阵阵，对着这个穿超短裙的中年妇女不停地吐冷气，她依旧冻得瑟瑟发抖。赖金娥逐字逐句念着委托代理协议，不时提出疑问。包晔和田磊两个人变相确认了一下眼神，这大姐真认真啊。耗了一个小时，终于签好了委托协议付了款。

自从接了这个案子，赖金娥、包晔、田磊组成的诉讼微信群，每天平均两百条信息，赖金娥反复地询问案件可能的各种结果和胜诉概率，希望得到一个承诺，如承诺一定会赢又担心对方对她打击报复。如此种种，不胜其烦。开始包晔或田磊还耐心地解释，二人承诺会全力以赴，但是律师法规定不能对客户承诺结果。后来，包晔使出撒手锏，如果继续要求二人做百分之百胜诉承诺，将解除委托协议，退回律师费，请她另外找律师代理此案。赖金娥一看，律师真被惹急了，想想自己也不认识其他更可靠的律师，而且他们的方案确实很专业，于是收敛了许多。对于客户，一味地纵容不是办法，坚持原则才是王道。

案件很快开庭审理，由于包晔和田磊准备充分，法庭上利用对方证据的漏洞打了一场漂亮的仗。本来没什么希望胜诉的案件，居然调解成功，虽然赖金娥最终获赔的金额打了八折，但是确认了债权已是万幸，又利用诉讼保全，半个月后，钱到账了一百六十万。

赖金娥高兴坏了，请包晔和田磊在律所附近的"天与地"吃饭。三个人都很开心，赖金娥把两位律师一通猛夸，尤其是看包晔的目光，充满了崇拜还有一点暧昧。四十岁的赖金娥，特意带了一副CHANEL耳环，大大的Logo明晃晃的，涂脂抹粉，青春焕发，说话的时候还不断地往包晔身边凑。包晔怀疑她喷了一整瓶香水，在浓烈的香气中他快要窒息了。

田磊想笑，又拼命憋住。

包晔见田磊憋笑，一边拿眼睛瞪他，一边不断地往后闪，苦不堪言，他心想：本律师可是卖艺不卖身的呀！

终于吃完了这顿饭，包晔和田磊逃命似的离开了饭店。两个人逃回所里，包晔松了口气，田磊放声大笑。

"你不要笑，可是你要求我牺牲色相的，你看看我，做了多大牺牲！"

"是的是的，不笑不笑！"

包晔拿着水杯接水，一名女同事站在他的背后说："这是谁呀，今天穿得这么帅，新来的同事呀？"

包晔转过身，说："我穿上衣服，你就不认识我了吗？"周围的同事都大笑起来，那名女同事也笑得花枝乱颤，说："我服了你！我可不跟你说了。"赶紧逃走。

另一名看热闹的女同事不甘心，说："你们俩不会像最近马伊琍演的那部电视剧一样，搞办公室恋情吧？"

包晔说："哪个电视剧，《我的下半生》啊？"南方人说"生"，发音听起来像"身"，于是，办公室所有人听到的都是："哪部电视剧，《我的下半身》啊？"

"什么《我的下半身》，是《我的前半生》！想什么呢！"

那名女同事笑得手里的水都洒了。由于太好笑，关着门的办公室里面都能听见同事的笑声。

所里主任恰巧过来，看大家这么欢乐，就问："说什么呢，这么好笑？"

刚那名说话的女同事刚想回答，包晔抢在她前面说："主任，没什么，我们在讨论案情呢！"

"哦，看来是个有趣的案件。要不要今天中午的培训，你给大家分享一下？"听到这里，大家更加忍不住，开始狂笑。

　　"不用了不用了，跟您办的案件比起来，实在不算什么，还是您来分享吧！"包晔赶紧推托。主任不知道大家在说什么，心想，现在的年轻人太奇怪了，讨论案子讨论得这么高兴，于是他就带着疑惑的表情走开了。

　　"你们这群坏人！哼！"包晔回到座位上。

　　看见田磊刚才还很开心，此刻又表现严肃，坐在那里发呆，知道他又开始抑郁了。

　　包晔拍拍他的肩膀，问："抽根烟去？"

　　"嗯。"田磊抬起头，眼神里带着一丝茫然。

第四章　楼梯间的眼泪

两个人来到楼梯间。

包晔关切地对田磊说："最近有按时吃药吗？"

"有。本来这两周已经感觉好多了，谁知道刚才莫名其妙又开始难受了。"田磊狠狠地吸了一口烟，吐出一串烟圈。

"包大哥，你看外面的天空是什么颜色？"田磊突然望着外面，问包晔。

"蓝色呀！"包晔看了一眼，回答道。

"我看是灰色的，乌云密布。"

田磊忧心忡忡地靠在墙上，忽然蹲下来开始哭，他再也抑制不住内心的痛苦。抑郁症像一个幽灵，不知道什么时候情绪上来，就会占领他的意志，让他无处可逃，让他在别人都无比开心的时候觉得人生没有了意义。

"磊子，要不要我陪你去趟医院？"包晔看着自己的兄弟居然哭了，感到大事不好，田磊抑郁症的严重程度超出了他的预料。他第一次看见田磊哭，一个一米八的大小伙子，蜷缩着身体，躲在充满烟味的楼梯间的墙角哭，有点悲壮。

"谁在哭呀？"这时有两个律师助理推门进来，撞上田磊在哭的场面，顿时愣住了。田磊头也不抬，哭得刹不住闸。包晔看着场面有点失控，就说："没啥，没案源，没钱娶老婆，女朋友跟他分了，正伤心呢！"

"我也想哭。"一个高高瘦瘦的律师助理说，"我女朋友也因为我赚得少跟我分手了！呜呜呜……"

另外一个助理说："那我也应该哭啊，因为我工资太少，我爸非让我回家继承他的生意，我不想回去，我想做律师。呜呜呜……"

原本这两个助理是来抽烟的，结果也开始飙泪。这群穿着铠甲的男人，集体躲在昏暗的楼梯间哭泣，场面很壮观、很滑稽。包晔本来没什么可哭的，看见三个小伙子都哭了，被这情绪感染，觉得不陪一下都不够意思，也勉强挤出两滴眼泪，再一想，自己大龄转行，案源成问题，近期家里也发生了些不愉快的事，最后他居然变成了哭得声音最大的那一个。

大家看包晔哭得这么伤心，都觉得挺不好意思，彼此安慰了几句，然后找个理由出去了。

男人不同于女人，女人找个理由，或者没有理由都可以哭一场，发泄一下情绪。男人的心，按照社会的要求，必须硬如钢铁，随便就哭鼻子可不是成年男人所为，会被当作懦夫。虽然有首歌的歌词是"男人哭吧哭吧不是罪"，但还是很少见到男人愿意释放内心的情绪。

田磊哭了一场，仿佛内心干涸的土地上下了一场春雨，竟然十分畅快！

"包大哥，你为啥哭呀？你不是有房有车有老婆有孩子吗？"田磊红着眼睛问。

"这你就不知道了，已婚男人有已婚男人的苦呀！有时候我宁愿在车里多坐一会儿，也不愿意上楼去。因为一上去，我就不是我了，我是丈夫，是爸爸，是儿子，无论内心多么苦闷，也要装出一副笑脸，解决迎面而来的各种问题。孩子扑上来要买新玩具，老人责怪你为什么这么晚才回来，老婆质问你今晚的去向……时间久了，也累呀！"包晔叹了口气。

"算了，咱们去医院吧！"包晔想了想，哭归哭，田磊的问题还是要解决。

到了医院，欧阳医生看着面如死灰的田磊，知道他的病情出现了反复，给他加大了药量，并且建议他休养一段时间，调节一下心情。还有，如果有极端的想法，可以联系她。

包晔很惊讶，田磊的病情已经很严重了，居然会产生自杀的想法。

回来的路上，他关切地说："磊子，要不要让你家人过来照顾一下，或者你回老家休养一段时间？案子的事你不用担心，我都会搞定，你可以安心地休养一个月。"

"回老家？让邻居亲戚指指点点，我估计想死的心情更加强烈。让家人来照顾？我的父母年纪大了，还等着我领媳妇回去呢。告诉他们我得了抑郁症，他们是无法理解的，只会觉得我心理脆弱，我还要解释，更累。"田磊黯然地说。

"那你一个人生活太危险了，我怕你……"包晔担心地看着田磊，欲言又止。

"怕我自杀？"田磊自然地说，好像自杀是一件平常的事，

"放心吧，我暂时不会的。我起码要等到这几个案子的判决书下来才甘心呀！"

田磊虽然心情很糟糕，但是他觉得自己把这坏情绪传染给包晔太自私了，于是打起精神想开个玩笑缓和一下气氛。

"可是……"包晔还想说什么。

"不要可是了，相信我，我想死之前，一定告诉你，给你机会打 110、120、119 来救我，行了吧？"

"119？你要放火啊！"包晔更加害怕了，嗓门都提高了。

"没有没有，看我这脑子，开始不听使唤了。不过，119 不是也管门打不开之类的杂事吗？"

"嗯，行，那你可要好好的，有事情给我打电话。"包晔也不知道怎么劝他了。

"好。"田磊平静地说。

第五章　梦境

田磊回到家，躺到床上，吃了药，昏睡了过去。他梦到自己的前女友思韵，好像他们又回到了大学时期，手牵手走在林荫道上。突然，思韵摸了一下他的脸，然后笑着跑开，越跑越远，他被甩在后面，想去追，两条腿却怎么也使不上劲，软绵绵的。眼看着思韵越跑越远，最终消失在林荫道的尽头，他急得满头大汗，头顶的阳光那么刺眼，让他睁不开眼睛……

田磊被自己的哭声惊醒，原来这是一个梦，他的枕头湿了一大片。原来，他还是没法忘记这件事。

他还爱着她。

他伸手摸出枕头下的手机，给欧阳医生发了一条微信消息："我梦见思韵了。这是我们分手后，我第一次梦见她，我本来以为，我忘记她了。"

发完微信，他觉得有点失礼，毕竟医生管不了你失恋的事呀。正想着能不能撤回的时候，欧阳回复了："找到病因了。你因为情感上的创伤，引起了一些抑郁的症状，不排除抑郁之外的一些病症，如焦虑症、强迫症。更严重者会产生双相情感障碍，患者既有躁狂发作又有抑郁发作，还伴随一些其他症状，如低落不开心、失眠，是不是这样？"

"嗯。不过失恋这事很多人都遇到过，也没见别人怎么样，我一个大男人怎么会这么脆弱，得什么情感障碍？"

"这跟性别无关的。你现在的药有停过吗？"

"前些天感觉挺好的，我甚至都觉得没问题了，就停了几天。"

"可能是停药导致你病情出现了反复。你明天过来，我给你做个检查，换种药吧。"

"好。"放下手机，田磊闭上眼睛，祈祷自己今晚不再失眠。

第二天，田磊来到医院。他现在对医院已经非常熟悉了，好像回到家一样，还时不时给迷路的人指路，比如怎么去精神科。

"最近晚上睡得怎么样？"做完检查，欧阳给他倒了一杯水，今天患者不多，她打算跟他多聊聊。

"还是睡不着。"田磊痛苦地说。

"你要不要考虑一下电击疗法？"欧阳试探地问。

"不要，好吓人。失恋而已，我想我可以克服的。"田磊抬起头，望着欧阳，像是给自己勇气，他第一次直视她的眼睛。她的眼睛好美，里面有星辰。

"那好。记得按时吃药，有什么事情联系我。"欧阳说。

"好的。"田磊故作镇定。

回到家，包晔来电话。

"磊子，怎么样？需要 110、120、119 各部门出动吗？"

"不用，包大哥。我今天又去医院了，医生说我可能是失恋造成了病情反复，给我换了药。"

"哦，原来病根在这儿呢。本来想安慰你，不过看你还能照常工作，以为你没啥事，原来里子还是伤了。"包晔失落地说。

"可不是嘛，还好面子在。"田磊叹了口气，开玩笑地说。

"没事，兄弟，天涯何处无芳草，何必单恋一枝花。等你好了，哥们儿给你介绍个好的！我看那个欧阳医生就不错啊，人漂亮，对你又关心。"包晔终于忍不住一颗八卦的心。

"不是吧，大哥，人家是我的医生，关心患者那是有职业素养，对患者都那样。"田磊有点惊讶，但是内心又有点甜蜜。

"没有哦，我感觉她对你特别好。她不会把自己的微信给每个患者吧？那样她每天不用干别的了，净顾着回微信了！"

"人家可怜我嘛！"

"可怜着，可怜着，就想拯救你了。"

"那好吧，我争取让她拯救我。"

"好，有事记得 call 我，挂啦！"

挂了包晔的电话，已经到了晚饭时间，田磊没有食欲。其实他已经很久没有特别好的胃口了，每天吃饭都像履行义务。原本消瘦的身材，变得更加消瘦，脸更是尖得吓人，像是时下流行的锥子脸，尖得可以戳人了。他望着镜子里落寞的自己，忽然非常崩溃，他一拳砸向镜子，破碎的镜片划伤了他的手，鲜血直流。他靠在墙上，忍不住开始哭，一开始靠着墙哭，慢慢地体力不支，顺着墙滑下来，他便坐在地上哭。他哭着哭着睡着了，又做了绿荫下和思韵牵手的那个梦。

梦醒之后，手脚冰凉。田磊感觉自己心里有个黑洞，把他所有的快乐都吸进去了，就连他的灵魂也要吸进去。

除非，他删掉所有关于思韵的记忆。

连续一周，田磊每天都失眠，怎么尝试入睡都没有用。

他又一次坐在了欧阳的诊室，一副苟延残喘的样子。

没等欧阳开口问他，他就说："我不好，睡不着觉。你上次说的那个什么电击，可以删除一些不快乐的记忆吗？或许这样我才能好起来。"

欧阳说："电击疗法准确地说叫作无抽搐电休克治疗，即MECT。此项治疗后，患者会出现短暂的记忆障碍，但是这种副作用也只是暂时性的。在此期间，配合心理疗法及药物治疗，循序渐进地使你恢复健康。"

"嗯，我做。"田磊脱口而出，"欧阳，我太痛苦了。"他看着欧阳的眼睛，期待她来拯救他。

欧阳当然知道他很痛苦，这几个月，她眼睁睁看着田磊从最初的健壮，到现在瘦成皮包骨。

"好，我帮你预约下周二进行治疗。"

几天的等待，持续的失眠，使田磊在崩溃的边缘挣扎，家里已经被他砸得一片狼藉。

终于熬到了治疗这天。

他躺在治疗椅上，闭上眼睛，好希望就此睡过去，不再醒来。麻醉剂注入身体，田磊慢慢失去意识……

当医生叫醒他的时候，他缓缓地睁开眼睛，然后愣了一会儿才坐起来，一时间不知道自己在哪里。他望着穿着白大褂忙碌的医生，医生显然并不惊讶于他的迟钝，过来检查了下他的各项指征，问他："小伙子，感觉怎么样？"

"感觉不错。"他找不到更加合适的字眼了。

他好像第一次来到人间，他好像又是一张白纸了。

他好像记不起来那些悲伤的事情了。

田磊走出治疗室，去找欧阳。

欧阳正在给别的病人看病，田磊不敲门就进来了。因为欧阳的看诊时间就快结束了，所以欧阳就让他坐在旁边的椅子上等一会儿。

等送走最后一个病人，欧阳问："感觉怎么样？"

"挺好，好像什么都不记得了。世界好像都变成新的了。"田磊开心地说。

"这是暂时性的失忆。你的'武功'没有被废了吧？"欧阳小心地问，看田磊没听明白，解释道，"打官司的能耐呀！"

"那我得回去所里检验一下。"

田磊现在确实不知道自己的法学功夫有没有退步。

"好，你先回去上班。记住，按时吃药，保持心态平和，不要过于激动。"欧阳叮嘱道。

"嗯。"田磊答应，有了几分底气。

这天晚上八点钟，田磊吃了药就躺下了，什么也没想，因为想不起来；也没有做梦，居然没有失眠，终于好好睡了一觉！

第二天早上醒来，他感到一种久违的舒畅，天地清明，神清气爽，颈椎的疼痛也神奇地消失了。

他出门后，一股混合着花草和泥土的气息扑面而来，让人无比舒畅。原来世界一直都是美的，是他的心被蒙蔽了，才没有感受到。

田磊绕着小区跑了一圈，太久没跑，喘得厉害，出了好多汗。

他坐下来，仰头看着天空，蓝天白云，他感觉到快乐正在一点点浸润他的心田。

第六章　老律师的忠告

　　早上去上班，田磊受到了包晔的热烈欢迎。

　　"你终于回来了，兄弟！感觉如何？"包晔小心地问。

　　"还不错！"田磊轻松地说。

　　"那就好。带你去开个庭松一松筋骨？"

　　"好呀！我就是来检验一下自己的'武功'有没有退步的。"

　　"那好，后天正是好时机！"

　　一个劳动仲裁案，经过劳动仲裁、一审，今天是二审。这个案子起因是公司员工打架，公司与其解除劳动合同，员工就以违法解除劳动合同起诉了公司，要求公司支付赔偿金。

　　包晔和田磊代理的是公司一方。

　　下午公司负责人来所里开庭前沟通会。

　　因为已经开庭过一次，因此需要沟通的事情也不过是叮嘱公司的人记得携带证据原件，通知证人携带身份证准时出庭。公司的 HR（人力资源管理人员）是一位快五十岁的老同志，可能本案涉及他的年终奖金，因此他显得很紧张。他反复地问："我开庭前还需要做点什么？"

包晔开玩笑说："开庭前斋戒三日，沐浴更衣，焚香祷告即可。"

田磊附和道："对对对，再请包律师作个法，保佑我们胜诉。"

包晔说："不过，我可没有告诉过别人我还兼职做法师啊，作法的钱要另收的！"

大家哄堂大笑。

包晔安慰公司的这名 HR，说："您放轻松一点，您太紧张了，需要注意的事情我已经说过了，您照做就行了，OK？"

HR 说："好的，看来是我太紧张了。"

经过两天的准备，田磊感觉"武功"尚在，把这个案件温习了一番。自从田磊按时吃药以来，症状有所缓解，包晔就让他开庭主讲。田磊觉得自己重获新生，十分兴奋。

第三天开庭，对手是一名老律师，开庭时一脸严肃，冷冰冰的，看见田磊和包晔这两个年轻律师开庭时神采奕奕，以为他们已经搞定了法官。

在辩论环节，老律师"温馨"提示他们："作为年轻律师，要注意仪容仪表，笑嘻嘻的成何体统！"还没等田磊回答，包晔脱口而出："我们又不是来参加葬礼的！"

这个时候法官坐不住了，让双方律师不要说与本案无关的事情。包晔和田磊非常赞同，连忙附和："请原告不要关注我们的外表，要关注案件本身。"

接着证人出庭，对方律师发问："你知道我的当事人为什么要打你吗？"

证人冷笑一声："这你该去问你的当事人啊！我怎么知道

他为什么要打我？"

真是好样的，回答得无懈可击。

田磊和包晔捂住嘴，免得笑出声来他们偷看了法官一眼，发现他也想笑，但是法官就是法官，定力就是比律师强，虽然他也想笑，但是他憋住了，以至于表情有一些扭曲。

对方律师接着问证人："你说你们平时关系不好，那如果那天原告打了你，下班你为什么还要和他一起走？"

证人有点不耐烦地提高了声音："什么叫我和他一起走？到下班的点了，所有的人都一起走了呀！"

对方律师没问出什么，再看被告律师和法官都在偷笑，感觉十分丢面子，恶狠狠地说："法官，我没有别的问题了！"

庭审结束后，对方律师走过来对收拾东西的田磊和包晔说："你们是哪个所的来着？"

田磊说："您要'封杀'我们？"

他问："什么叫'封杀'？"

田磊说："就是您觉得我们不好，要到处去说我们的坏话。"

他说："去掉一个'不'字，我觉得你们很好，想到处去说你们的好话。"

"太好了！"田磊赶紧把名片递上去。

他接过名片，接着教训田磊："作为一个年轻律师，要注意仪容仪表，不要总笑嘻嘻的，参加庭审又不是参加婚礼！有什么高兴的事，要深埋在心里。当事人这么闹心怕打不赢，法官这么闹心要写判决，你就不能体谅一下大家的情绪，装得悲伤点吗？"

田磊双手抱拳道："感谢前辈指点！姜还是老的辣，我保证下次不笑，想想自己的案源量，估计还能挤点眼泪出来。"

嗯，想想自己的病，估计流的泪更多！田磊心想。

包哗看田磊似乎已经恢复正常，开始笑了，终于放下心来，但还是督促他按时吃药，稳定病情。

接下来的几个月，田磊逐渐恢复。每周去复查，他跟欧阳也开始开玩笑了。欧阳也十分开心，病人好转，医生是最有成就感的。由于两个人惺惺相惜，已经处成了朋友，经常一起吃饭、运动，一起去图书馆看书，宛如一对情侣。

田磊慢慢被药物和欧阳的笑容治愈，一切似乎都在往好的方向发展，直到一个电话打破了这宁静和美好。

这天田磊回到家，刚进家门，手机的铃声就响起来了。工作了一整天，真是累呀！不知道是哪个当事人的夺命连环 call，拿人钱财，替人消灾，还是接吧。田磊拿起手机一看，脸唰的一下白了，是思韵！怎么是她呢？

田磊，看着手机屏幕上的名字，犹豫接还是不接，毕竟自己的病因她而起，好不容易恢复到现在的程度，要是被刺激一下，那后果……

手机还在不停地振，接吧，这就是宿命。

第七章　离奇的绑架案

"喂。"田磊深吸一口气，终于吐出了这个字。

"田磊，快来救我，我被囚禁了！"电话那头传来思韵急促而带着哭腔的声音，听着非常着急。田磊一下子蒙了，虽然自己办过绑架、非法拘禁案件，但现实里真的从来没有遇到过这种事。

"思韵，你不要急，告诉我你在哪里。"他强迫自己迅速冷静下来。

"我在李家镇一家破餐厅的地下室，具体是哪里，我也说不上来，周大华不让我看路。呜呜呜……"思韵再也抑制不住内心的委屈和恐惧，开始大声哭泣。

"你先不要哭，保持体力。那你周边有些什么标志性的建筑或者物品？"

"我记得餐厅门口有一棵很高的木棉树，我会想办法把自己的绿色衣服挂在显眼的高处，就像我们曾经看的那部电影里的情节一样。"

"好的，我明白了，我一定救你，乖。"此刻，田磊忘记了自己的病，化身为一个英雄。

"田磊，我想你，我错了！快来救救我！"思韵悔恨地说。

田磊此时的思维非常清晰，挂断电话后，他迅速穿好衣服，一边打车去派出所报案，一边通知包晔过来帮忙。

两个人差不多同时到了李家镇派出所，由于两个人都是律师，而且周大华这个人是当地有名的村霸，仗着家中有八套拆迁房，耀武扬威。民警意识到问题的严重性，请示领导后，迅速排查本地餐厅，哪些有地下室，安排警力一家家搜。

田磊和包晔自己也开车到处找。

包晔一边开车一边问田磊："什么情况？思韵不是嫁给拆二代了吗？怎么被囚禁了？"

田磊说："我也不知道，我也没有时间问。"

包晔清了清嗓子，说："我知道。"

田磊睁大眼睛看包晔："你知道？"

包晔说："想想也知道，当初她非要嫁给那个拆二代，人家还不是看中她学历高，基因好，能给人家生儿子继承家业。你苦苦挽留她都不干，现在估计生不出儿子被人虐待了。"

"有那么恐怖？生不出儿子，就被囚禁？"田磊吓了一跳。

"思韵是什么人？法学院的高才生。她肯定是后来发现不对劲了，想跑，人家不让她跑，才把她囚禁起来生孩子呗！"

田磊此时一句话都说不出来，这不是《半生缘》里的情节吗？他恨思韵的心，就此软了下来。

"先不说这个，怎么找人呀？"包晔问。

田磊如梦初醒："包大哥，我和思韵曾经看过一部电影，是一个主人公被绑架后自救的故事。主人公就是咬破手指，在自己的绿色衬衫上写上'救命'，然后绑在树枝上，从地下室的窗户缝塞出去，台风恰好把衣服吹起来挂到树上，最终得救了。她告诉我她也用这个办法。而这半个月，正是滨海的台风季。"

两个人正说着，发现眼前的木棉树上赫然挂着一件绿色衬衫，随风舞动。田磊和包晔对视了一下，都露出了难以置信的表情。

跟在后面的警车也停了下来，警察也发现了树上这件绿色衬衫。那件衬衫仿佛有了灵魂一样，这时看人齐了，一阵风吹过，突然掉了下来。

"莫非这衣服成精了？"连见过大场面的包晔都有点害怕了。

"说什么呢，包大哥，建国以后不准成精。"田磊提醒他说。

"对对对，你说得对，没成精，那就是人成精了。走吧，进去看看人吧。"

包晔张嘴还想说点什么，鉴于场面混乱、时间紧迫，便没有说。

他们俩和三个警察一起走进餐厅，里面没有人，由于前几天刚刮过台风，餐厅一片狼藉，应该还没来得及收拾。

几个人转了一圈，大声地呼唤："有人吗？"

"思韵，你在哪里？"田磊也大声地喊，不管怎样，先找到人再说。

"我在这里！田磊，我在这里！"某处传来微弱的声音，然后又没有了声音，紧接着传来打斗声。

"警察同志，在这边！声音是从这块地板下面传出来的！"包晔反应快，马上找到了声音的来源。

大家聚过来，合力搬开一个一米高的大水缸。一个警察敲了敲地板，发现是空的，于是给同伴使了一个眼色；另一个警察把枪举起来，掀开木板的同时，把枪口对准下面。透过四四方方的洞口，大家看到一个满脸血迹和泪痕、头发杂乱的女人，旁边还有一个凶神恶煞的男人，穿着人字拖，腆着大啤酒肚，正一手捂着她的嘴，一手揪着她的头发。

看见持枪的警察，那个男人立马怂了，把手举起来，叫着："不要开枪，不要开枪！"

"思韵！"田磊叫了出来，看到她这副惨相，他心里痛极了，毕竟是曾经的爱人，怎么沦落到这步田地！那个男人怎么这么可恶！

"不要动，手举起来！"

警察迅速跳下去制伏了那个男人，他是周大华，本地名人，隔段时间就去派出所报到一次，因此警察都认识他。

其他警察跳下去给周大华戴上手铐，把他押进警车。同行的女警赶紧拿着毯子跳下去，把衣衫褴褛的思韵包裹起来，田磊和包晔把她们拉了上来。包晔仔细地看了下地下室的环境，有一张床，上面堆着一床露着棉絮的破被子，地上有老鼠在啃食食物的残渣，真不是人待的地方！靠近洞口的墙上，果然有个小的出气孔，拳头大小。一部手机被砸得稀烂扔在墙角，被警察拿一个透明的袋子装了起来。

"赶紧走吧！"警察拍摄完毕现场后，拉上了警戒条，他们需要进一步调查。在现场没有发现其他人，那上面的水缸是谁放的呢？刚好严丝合缝地压住那块活动的地板。

　　警察把思韵带到医院检查了一下，除了手指和身上有几条口子外，没有别的伤。由于是皮外伤，没有大碍，警察紧接着就把思韵带回了所里做笔录。

　　"是周大华，是他把我扔到地下室的，我在里面待了三天了。他今天给我送饭的时候，手机掉在了地上，我趁他去厨房找东西的时候，拿他的手机给田磊打了电话，要他来救我。后来周大华发现了，就下来打我。"面对警察，思韵一边说一边哭。

　　"他为什么要这么做？"警察继续问。

　　"为了让我给他生儿子。"思韵哭得更伤心了。

　　"我嫁给他之前，他对我特别好，虽然他年纪大我十几岁，也没有什么文化，但是他对我真的特别好。他说八套拆迁房补偿的新房子，以后都写我的名字，交给我出租打理，不用我出去工作，我只要安心做包租婆就好。后来，我嫁给他了，才一个月，他就像变了一个人，每天喝酒打我，还要我给他生儿子。我不想生，我想逃走，他就痛哭流涕地求我再给他一次机会。我想，为了嫁给他，我已经和家人、朋友、同学都绝交了，自己也没有脸，也没有地方去，就想或许他可以改好。谁知道他刚好了半个月，就又开始打我。我就和他吵，他气急了，把我直接扔进他开的餐厅的地下室，说我生不出儿子就不准我出来。呜呜呜……"思韵开始撕心裂肺地哭。

　　她哭得伤心极了，看样子被折磨得不轻。现场场景警察也看到了，周大华因非法拘禁被拘留。他高喊着自己冤枉，说自己被思韵陷害了。思韵听到隔壁周大华的声音，又受到了刺激，哭得更加厉害。

　　问过话后，警察把思韵交给了田磊。

　　思韵扑进田磊的怀里，开始痛哭，泪水把田磊的衣服都浸湿了。没办法，现在除了他，她没人可以投奔。

　　包晔开车送二人回家。

　　田磊搂着还在哭泣的思韵坐在后排，不停地安慰她。一时间，他忘了自己因为被她抛弃得了抑郁症的事。

　　田磊安顿好思韵，让她睡在自己的床上，思韵拉着田磊，泪眼婆娑地说："我们和好行吗？我受够了！当初和你分手，是我错了！你可以原谅我吗？"

　　田磊望着满脸泪水的思韵，他迟疑了一下，说："思韵，今天你累了，我们明天再聊好不好？来，盖好被子。"

　　"我知道，你还在恨我，你也一定嫌弃我。换作我，我也不会原谅我自己。"思韵低下头，无意间看到了摆在桌上的药瓶。她拿起来一看说明，居然是治疗抑郁症的，她惊讶地说："田磊，你得抑郁症了？"

　　"嗯。"

　　"是因为我吗？"

　　"嗯。"

　　思韵一把抱住田磊："对不起，是我的错，让我做你的药，赎罪好不好？"

　　然后思韵开始疯狂地亲吻田磊，她希望自己可以用这个办法消除两人之间的隔阂，重归于好。

　　田磊被思韵突然的举动搞蒙了，反应过来的他也尝试再次接受思韵，但是他的身体明显地在拒绝她。他开始越来越燥热，那个幽灵又在远处阴笑，然后越来越近，最后他忍无可忍，大吼一声："不要！"一把推开了思韵。

思韵倒在床上，她愣住了。她从未见过田磊这么暴躁，田磊也从未如此粗鲁地推开过她。田磊这是怎么了？田磊真的不爱她了？

在思韵开始思考田磊是否爱自己的时候，田磊感觉自己的心魔卷土重来了，他尝试镇静下来，但是没有用，他抓住思韵的双臂，对她大吼："你说抛弃我就抛弃我，你说重来就重来，什么都是你说了算吗？你问过我了吗？我答应了吗？你知不知道，这几个月，我有多痛苦！"

思韵被吓坏了，此刻的田磊像一头红着眼睛在发狂的狮子，可怕极了！他一边说一边剧烈地摇晃着思韵，好像要把她拆了一般。

她哆哆嗦嗦地说："对不起，对不起田磊，你不要这样，我害怕。"

"你害怕？你不是很勇敢吗？你给一个村霸当老婆都不怕，你怕我？啊？我比村霸还可怕吗？你知道我有多伤心吗？你说走就走，我得了抑郁症，为了忘记你，我甚至做电击治疗，你知道那种感觉吗，就为了把跟你有关的记忆删掉！你突然又出现，要和我重归于好，你想过我的感受吗？"

田磊瞪着眼睛嘶吼着，好像自己身体里那个幽灵逼着他把这些心里话喊出来。

思韵已经彻底被吓傻了，比刚才在地窖里还感觉无助。

田磊盯着她，看着她想哭又不敢哭的样子，然而他糟糕的感觉，还在持续。他控制不住自己，他开始找药。思韵不敢动，不知道他要做什么。那个药瓶在刚才他们撕扯的时候不知道滚到哪里去了。

　　田磊不了再找了，而是冲出了房门。他不能再看到思韵，她现在不是他的药，而是他的魔。

第八章　发疯的男人

田磊漫无目的地在大街上走，看着形色匆匆的人们，偶尔也有行人奇怪地看着他，那目光，就像在看一个精神病人。

他走进一个商场，在镜子中看到自己，就像一个陌生人，他不认识他自己了。

田磊蹲在地上哭了起来，他再也控制不住了。

人们聚拢过来，都在窃窃私语，好奇这个人怎么了，没有人敢上前。

"田磊，你怎么在这里？"身在地狱的田磊，听到了仿佛从天堂飘来的声音。

他抬起头，脸上满是泪水。

是欧阳。

他想都没想，站起来抱住了欧阳。欧阳没有躲闪，也没有说话，用手轻轻地拍着他的背，一边轻声地说："没事了，没事了。"

围观的群众突然不合时宜地鼓起掌——以为他俩是一对吵

架分手重归于好的情侣。欧阳没有多做解释。

待人群散去，田磊慢慢平静下来。欧阳牵起田磊的手，带着他到商场外喷泉旁的石阶上坐下。

"你怎么啦？之前不是恢复得很好吗？是不是又受什么刺激了？"欧阳温柔地问。

"是思韵，她又回来了。"田磊此刻有点清醒了。

"哦，果然。"欧阳捋一下被风吹乱的头发，两个人都不说话了。

"欧阳，我发现我已经不爱她了，那为什么她回来我会这么痛苦呢？"田磊打破了沉寂。

"因为你爱过她，她给你造成的创伤还在。"欧阳平淡地说。

"本来我已经忘了，她一出现，那些和她有关的记忆又跑回来了。我想，我需要再次做电击治疗。"田磊用求助的眼神望着欧阳，希望可以得到她的允准。

"然后呢？她出现一次，你电击一次，你的大脑受不了呀。再说，之前我就和你讲过，电击或许可以让你的病情暂时缓和，但不是永久的，一旦受到刺激，还是会复发。"

欧阳拍了一下他的背，此刻她不像一名医生，而像一个知心朋友一样陪着他。

"那我怎么办呢？"田磊苦恼极了，把手指插进头发里。

"我给你再换一种药，加大剂量，可以控制住你现在的病情，但是最重要的还是你自己的配合。"

"我要怎么配合？"

"我需要你这里的配合。"欧阳用手指了下田磊心脏的位置。

"你要直面你的心和它受到的创伤。在药物辅助下，用意志力克服隐藏在心里的幽灵。你也需要从外界汲取信心，来滋养你的心，让它慢慢好起来。"

"我还能好吗？"田磊神色黯然。

"你一定会好起来的。"欧阳伸手握住他冰冷的手。

田磊感觉到温暖一丝丝地注入他冰冷的血液。

"对不起，我刚才没有经过你的同意，就……"想起刚才自己不管不顾地抱住欧阳不撒手，他耳根子开始红了。

"没关系，谁让你没带药，我就委屈一下做你的药了。"

欧阳笑了起来，更加好看了。

欧阳其实早就感觉到田磊喜欢她。

喜欢她的人很多，只是田磊不一样，他内心住着一头雄狮，不知道什么时候就会咆哮。

她怕吗？作为一名医生，她自然没有义务去充当患者的药，但是就是这么奇怪，对于田磊，她真的愿意。她也不知道自己什么时候就陷进去了。她也清楚地知道这对自己来说，是极其危险的。

第九章　包晔的猜想

　　包晔在回家的路上，还在想着思韵的事，他多年的阅历和职业经验告诉他，这件事没有这么简单。

　　现在他安静下来想一想，觉得一些事情难以置信地巧合：思韵刚好穿着绿色衬衫，地下室刚好有窗户缝，她还刚好找到树枝，然后风还刚好配合地把绿色衬衫吹起来挂到树枝上，最后还刚好被他们看见了……这些刚好凑在一起，概率得十万分之一吧？

　　然后这十万分之一就发生了。

　　这会不会是一场思韵自导自演的戏呢？

　　她为什么要这么做？女人心，海底针。或许她想跟田磊和好，又不好意思，才想导演一出英雄救美的戏，促使田磊和她破镜重圆。那这代价也太大了吧，她明明知道田磊会报警呀，要和好直接来找他不就得了吗，至于让警察陪着她一起疯吗？

　　他越想越不对劲，再回想起周大华大喊自己被陷害，包晔觉得这件事情有蹊跷，但他没敢告诉田磊。他其实很担心田磊，不知道思韵的出现会不会让田磊的病复发，但是又不知道该不该打电话过去询问。

包晔回到家，把这事跟自己老婆晓理说了，晓理也觉得奇怪，又说不上来哪里奇怪。

算了，不想了，交给公安机关处理吧。

欧阳把田磊带回了自己租住的家，虽然她是本地人，但是工作后，为了尽早独立生活，脱离父母的管束，她就自己租了一套两室一厅住。一个人为什么要租两室，因为有一室要用来放书——她的书太多了。

欧阳睡主卧，田磊睡次卧，和书在一起。书占据了大部分空间，田磊睡在角落里的一张行军床上。

这一夜，田磊很有安全感，屋子里都是书的味道，还有欧阳的气息。

田磊迷迷糊糊地睡着了，又梦到思韵在林荫下和他告别的场景，这次，他没有追上去。

他感觉自己在梦里，放手了。

第二天早上八点，田磊醒来，还没睁开眼睛，就感觉到阳光透过窗帘照在脸上的温度。

欧阳已经上班去了，桌上有一杯牛奶、一个面包、一盘煎蛋，还有一张字条。

"吃完早餐，去上班，加油！"是欧阳娟秀的字。

田磊咬着面包给欧阳打电话，他好久没有在家里吃过早餐了，平时都是在大马路上随便买点，在车里吃。

这感觉，真好。

是家的感觉。

电话接通后，田磊说："谢谢你！欧阳。"田磊扭捏了半天，又说："我们可以合租吗？"

说完这句话，他的脸都红了。

"可以，房间空着也是空着，你来住吧。这房租一个月三千，我们平摊，你还要分担家务，有问题吗？"

欧阳好像已经料到田磊会提这个请求，没有丝毫惊讶，反而语气中有一丝掩饰不住的愉悦。

"好呀，没问题，没问题！谢谢你收留我！"

"我就当做好事了。好了，我还有事，我先挂了。"

挂了电话，田磊感觉天都放晴了！心情愉悦地洗碗收拾东西去上班。

包晔正在想昨天的事，田磊来上班了。包晔看到田磊神清气爽的样子，以为他和思韵和好了。

"和好了？"包晔小声地问道。

"没有，不仅没和好，我的病昨晚还发作了一次，我现在住在欧阳家里。"田磊轻描淡写地说道。

"可以呀，小子！就该这样，旧的不去，新的不来！焕发第二春！"包晔用力捶了一下田磊的胸口。

田磊一边疼得"哎呦"一声，一边突然想起来，差点忘了，旧的还在他家里呢！

于是把昨晚的事告诉了包晔。

包晔说："没事，下班我陪你回家，我劝劝她，放过你吧。在一起的时候不珍惜，把你弄得这么惨，你病情好不容易稳定，又跳出来刺激你。村霸是她自己选的，即便过不下去，你也没有义务做'接盘侠'。"

"其实她也挺可怜的。"田磊叹了口气，奈何他真的不喜欢她了，这是没办法的事。

"她可怜不可怜，这事值得商榷。"包晔意味深长地说。

"啊？"田磊不解其意。

包晔终于忍不住告诉田磊他对于这个非法拘禁案件的分析。

田磊静下心一想，确实有道理，当时自己完全没办法理智地思考这里面的问题。

下班后，包晔陪田磊回家，家里没有人。只有思韵留下来的一张字条："对不起，我曾经伤害了你。我知道，你不爱我了，我不会再来纠缠你，祝你幸福。思韵。"

田磊虽然已经不爱她了，但是他对于这样的告别还是有点失落。

不想了，他简单地收拾了下行李，把钥匙留下，刚好租的房子下个月到期，自己这条流浪狗，还是条病狗，终于有人收留了。

想到这里，他有了快乐的感觉。这种久违的感觉，让他身体的每一个细胞都重新有了力量。

第十章　欧阳的药

　　两个人的日子是快乐的，田磊按时吃药，病情得到了控制，一周里有四天可以睡好，他已经很知足了。他现在不再想什么功名利禄，他唯一的愿望是：早上不便秘，晚上不失眠。心情好了，工作状态越来越好，局面慢慢打开，工作也慢慢地顺了起来，之前的几个案子都有了不错的结果。

　　他和欧阳一起锻炼、做饭、做家务、看书、看电视，渐渐地，两个人相爱了，过起了快乐的同居生活。

　　好像有个魔咒一样，每次他最开心的时候，有个幽灵就会出现，并提醒他，它才是他这个灵魂的主宰。因此田磊小心翼翼，这个幽灵如果再出现，就和它大干一场，他不要幽灵夺走他的幸福，他的欧阳。

　　欧阳深知和一个患有双相情感障碍的患者谈恋爱是需要加倍小心的，否则即便爱情，也没法对抗田磊内心的恶魔。

　　但是她义无反顾。她安慰自己，这是近距离接触病人的一个好机会，没准可以写出一篇惊世骇俗的论文，毕竟对于这个病，主流社会还并不完全了解和接受。

她也知道，一旦田磊发作，她就是第一个被发泄负面情绪的人。但是她不怕，她时刻准备着，以医生和爱人的双重身份帮助田磊走出这生命的沼泽。

她有种飞蛾扑火般的悲壮和固执。

或许从第一次田磊出现在她的诊室里，这段缘分就已经注定。来找她的病人很多，她也做好了不与病人发生任何私人关系的准备，所以她犹豫过。

直到她在商场里撞见那个蹲在地上哭得像个孩子似的田磊。

他的痛苦，只有她了解。

身边的人都以为，抑郁等于心情不好，心理承受能力差。人人都有压力，都受过伤害，都没事，怎么就你受不了呢？这不是矫情吗？

这不是矫情，这是病，要治。就这么简单。

于是，她决定做他的药，她也要考验一下自己的自愈力。看看自己究竟会不会被田磊拉下沼泽。

她感觉自己在玩火。

是呀，但是这火，不就是爱情吗？

她感觉到，田磊开朗了很多，病情也稳定了，现在基本上与常人无异了。只要不受大的刺激，痊愈就在眼前。

这中间田磊也有过复发，复发的时候，他把自己关在房间里，他不想伤害自己喜欢的这个姑娘。她在门外听着他用拳头砸墙的声音，也流下了眼泪，但是她没有去阻止他，也没有大呼小叫，就这样静静地陪着他。

直到他走出房门，抱住她。

欧阳知道，田磊已经初步具备了自我调节的能力，这是好事。

经过两次这样的复发，他们的感情更加好了，田磊的病情也越来越稳定。半年过去了，没有再次复发。

真是一个好兆头，自从田磊第一次发病到现在，整整一年了。

欧阳每天细心地照顾田磊，并且记录田磊每天的状况，这是珍贵的医学资料。田磊开玩笑地说，他一直觉得自己的这个病拖累了欧阳，结果没想到自己还有点用。两个人常常一起看这份记录，有厚厚的一本，这就是他们爱情的见证。

欧阳在找一个合适的时机，给田磊停药。

她觉得那个时机就快来了。

田磊现在人胖了一圈，精神也好起来了，他断断续续地从其他同学那里听说，思韵那次被非法拘禁，果然是她自导自演的，为的是让周大华坐牢，她就可以把周大华的房子卖了卷款跑路。警察发现事情不对，把周大华的一个小跟班叫过来了解情况，没想到小跟班以为东窗事发，竹筒倒豆子全都招了：思韵许诺小跟班事成之后，分一半的钱给小跟班，还会和小跟班结婚。然后思韵把自己关在地下室，打电话给田磊，再打电话给周大华。思韵身上的伤痕是周大华之前打的，她自己再用树枝划几道，绿色衬衫也是提前挂上去的。周大华以为自己曾经的一个案子被警察发现了，所以在警察找上门时，捂住思韵的嘴不让她出声，刚好被警察误会他在威胁思韵。最经典的是那个大水缸，就是小跟班在周大华去地下室后，帮忙搬过去盖住洞口的。思韵将警察、田磊、包晔都骗了。

这个局设的，还挺像那么回事。思韵恨周大华，想让他坐牢，也想和田磊重归于好，结果都没如愿。八套拆迁房写的也都是周大华母亲的名字，她一毛钱也没有捞到。真是个傻姑娘，自己学法律的，也不先做个"尽调"，了解下这个人怎么样，就为了这八套拆迁房把自己的幸福搭进去了。

后来，就没有了思韵的消息。再后来，听说她被警察训诫了一通，回老家了。

第十一章　不是冤家路也窄

　　这天下班，欧阳正和田磊在客厅的沙发上聊着停药的事，敲门声响起。欧阳开门，竟然是她父亲！

　　"干什么呢？这么久才开门！"

　　欧阳爸爸一边埋怨欧阳，一边想也没想就走了进来，然后他看见沙发上坐着的田磊，两个人都吓了一大跳。

　　田磊穿着睡衣，噌地站起来，看见来人竟然是上次对庭的张律师。

　　张律师是欧阳的爸爸？！

　　等等，欧阳不姓张啊，什么情况？

　　张律师和田磊两个人都张着嘴巴，指着对方，然后同时望向了已经感到事情不妙的欧阳。

　　"你们认识？"田磊和张律师异口同声地问道。

　　欧阳见状，只能让两个人都坐下来，她来慢慢解释。

　　欧阳跟随母姓，张律师确实是她爸爸。对于田磊为什么穿着睡衣待在欧阳家里，不用欧阳说，张律师也猜到了。

张律师把欧阳拉到主卧，关上门，说："女儿呀，爸爸不反对你谈恋爱，但是这婚前同居是不是不太好呀？"张律师知道女大不中留，自己不干涉女儿谈恋爱，但是原则问题他还是忍不住要多句嘴。

"他是我的病人，我在进行学术研究！"说完欧阳就后悔了，怎么把田磊得双相情感障碍的事不打自招呢！

"什么？！"张律师更加吃惊了。

欧阳看事情已经瞒不过老爸，只好全招了。

张律师当然反对自己女儿和一个精神病人谈恋爱，在他看来，躁郁症、抑郁症都属于精神病的范畴。什么学术研究，这是在没事找事呀！而且，钱正的事情他也知道一些，惨烈的事实摆在眼前，这是要死的病，这个小田律师得了这个病，怎么能跟自己优秀的女儿混在一起呢？这不是作孽吗！

"哎呀，爸！田磊已经差不多可以停药了，他现在和正常人没有区别，要不然怎么能做律师这么严谨的工作呢？我真的很喜欢他，我愿意陪他痊愈。"欧阳撒娇地摇晃着父亲的胳膊。

"我不同意！"张律师显然有点惊讶欧阳对田磊的感情如此之深。他有些愤怒了。转念又想，女儿和自己一样是个倔脾气，吃软不吃硬，还是要软化才行。

"女儿，你从小到大做什么决定，爸爸都是支持的，对不对？当时你大学报志愿，爸爸想让你学法律，但是你死命要学医，爸爸虽然不同意，但还是帮着你说服了你妈，对不对？但是田磊这个事不一样啊，他关系到你的幸福啊，我们有个钱律师刚因为得了抑郁症自杀了。这个病不是一般的病啊，身边的人是他们情绪发泄的出口，虽然你是医生，但是天长日久，也是受不了的，搞不好救不了他，自己都搭进去了，你妈操劳了一辈子，还没来得及享福就去了，你要是有个三长两短，你让爸爸以后到了地下怎么和她交代呢？"

"爸，您说的我都懂。钱律师的事，田磊也告诉我了，我就是不想钱律师的悲剧再次上演。请您相信自己的女儿，我不会有事的。"

"你这孩子怎么不听劝呢！"张律师急得直跺脚。

"俗话说：我不入地狱，谁入地狱。爸，您就让我赌一把吧！"说着欧阳结束谈话，推开门，看到田磊站在客厅中间，不知所措。

欧阳叫道："田磊，你过来！"田磊不知道等待自己的是什么，乖乖地走过去，欧阳一把拉过他，握住他的手对屋里的父亲说："爸，今天我就把话撂在这里，田磊好，我就好，田磊不好，我就不好，所以请您盼着他好。您看看他，一个青年律师，才华横溢，一表人才，您不要这么轻易地放弃他，好不好？"欧阳语气坚定，倔脾气上来了，这架势，连她爹都要让她三分。

田磊没想到这个姑娘为了自己要和她爸僵持到这样的地步，想说点什么，又不知道说什么好。只好愣愣地望着张律师。

"唉！"张律师看见女儿决心已定，无话可说，气得直摇头，摔门而去。

"你刚才对你爸说的话，是不是太重了？"半晌，田磊才试探地推了一下欧阳。

"我维护你，你还来怪我，有没有良心啊？"欧阳有点生气。

"我不是怪你，我是感动，你这么勇敢的姑娘，居然喜欢有精神病的我。"田磊将欧阳拥入怀中。

"不许你叫自己精神病，你会好起来的！"

"对了，你现在感觉怎么样，刚才受了刺激，现在有没有觉得心情很糟糕？"欧阳这才想起来关心田磊的状态。

"没有，我好得不得了，我的心只顾着感动，没有其他异常。"田磊温柔地说。

"你和我爸之前认识吗？"

"认识，对过庭。"

"那你给他印象如何？"

"不怎么样吧……早知道他是你爸，我当时绝对俯首帖耳，跪下给他磕几个头都行啊！"

"你直接输掉官司，岂不是更讨他的欢心？"

"除了这个不行，其他都行。再说了，对你爸来说，不战而败，这可是一种侮辱啊。"

"好吧！你们律师界的事，我是不懂。"

"你们医学界的事我可懂。"

"你懂啥？"

"懂你把自己当成药，来给我疗伤。"

说到这里，田磊抱欧阳的手臂更紧了。

欧阳说："从今天起，你可以停药了。"田磊很高兴，天天吃药，吃得胃都不舒服了，是药三分毒，停了是件大好事。两个人决定开一瓶酒，庆祝一下。

第二天早上，田磊和欧阳躺在一张床上，从现场来判断，昨晚应该是发生了不可描述的事情。两个人都很慌乱，真是不该喝那么多酒。于是，装作什么都没发生一样，起床上班。

实际上，他们心里都很开心，心底开出了一朵花。

第十二章　三个人的相亲

第二天，张律师坐在办公室里，心神不宁。

他看到田磊，就想起了钱正，滨海律师界有名的才子，曾经意气风发的青年律师。钱正的死因，他自然有所耳闻。当时他也感觉很心痛，更多的是困惑，不知道钱正为何选择自杀，隐约回想起"抑郁症"这个词——据说是得了抑郁症，自杀死亡。他感觉背后凉飕飕的，仿佛钱正的灵魂附在了田磊身上，而女儿的灵魂又被田磊所控制。不成，他要想个办法，必须让女儿跟田磊分开！

张律师赶紧动用自己的关系，给女儿介绍对象。他认为，爱情这种东西，是经受不住诱惑的，有更好的人出现，女儿自然会忘掉田磊。

欧阳明确拒绝了父亲给介绍的相亲对象。理由是她已经有男朋友了，她不会做这种背叛感情、吃着碗里看着锅里的事。

张律师苦口婆心，平均每天打五个电话动员女儿，用律师缜密的思维，层层推理、条条分析地告诉她"吃着碗里，可以看着锅里"。

欧阳被烦得不行，问田磊怎么办。

田磊说："要不你先答应他，相亲时，我陪你一起去。咱们三个人一起相亲。"

欧阳笑趴了，没听说相亲带现男友的。

田磊说："这是对你爸'吃着碗里看着锅里'理论的大胆实践。"

说干就干。

相亲对象是欧阳医院的男博士白庆余。

白庆余其实一直喜欢欧阳，鉴于自己是一个颜值普通、家庭普通、业务能力普通的"三普"人员，一直有贼心没贼胆。科室主任给他布置这个相亲任务时，他激动得差点跳起来，终于有机会接近自己心中的女神了！

到了这天晚上，白庆余提前半小时到达相亲地点。他穿着笔挺的西装，打着领结，头发上几乎抹了一斤头油，看上去一绺一绺的，坐在椅子上紧张得不停喝水。当他看到欧阳走进来，心就像要从嘴里跳出来了。他赶紧站起来和欧阳招手，欧阳笑靥如花，朝他走来。好开心，她朝我笑了！她是不是喜欢我很久了？她是不是怪我一直没有和她表白？她……等等，她后面怎么还有个人？

欧阳和田磊走过来，和白庆余打招呼，欧阳介绍道："这是我男朋友田磊，这是我们医院的同事白庆余白博士。"

"你好，白博士！"田磊的手伸了出去，白庆余的手并没有握上去，因为他的手正捂着因惊讶而张大的嘴。

田磊见状，看了一眼欧阳。欧阳会意，拉着田磊坐下，又甜甜地对白庆余笑了一下。示意他坐下，她有话要说。

"白博士，我知道你在想我有男朋友为什么要来相亲。不好意思啊！我爸逼得急，不得不来，但我又不想骗你，所以就把田磊带来了。你别介意啊！你也是被逼来的吧？同是被逼相亲人，相逢何必曾相识。你们认识一下吧。"

白庆余能说什么呢？自己和女神有缘无分啊！既然来了，这三人约会，只能继续下去了。

几杯白酒下肚，三个人都有些小醉。平时都不是能喝酒的人，为了缓和尴尬的气氛，不约而同地选择把自己灌醉，为自己可以肆无忌惮地胡说八道做好铺垫。

白庆余酒壮怂人胆，借着酒劲对欧阳说："你知道吗？我一直很喜欢你，但是不敢和你说。"

欧阳的脸蛋红扑扑的，酒精起到了腮红的作用。她说："喜欢我的人太多了，这很正常。"

白庆余突然拉着欧阳的手说："你能给我个机会吗？我和田磊公平竞争！"

欧阳哈哈大笑，把手抽出来说："那你问田磊同不同意吧。"

"我同意！"田磊喝多了，趴在桌子上，举起一只手。

欧阳见状，一拍桌子："好！就这么定了！"说完她就把这句话给忘了。

自从这次醉酒之后，三个人的感情突飞猛进，白庆余主动承担了替欧阳和田磊打掩护的重任。张律师十分欣慰，自己如此机智，拯救了女儿这艘失去方向的小船，让她重新回到了生活的大海，走上了正确的航线。

欧阳和田磊继续甜蜜而简单地生活着。田磊心里隐约有一点担忧，这样骗张律师——这个憨厚、疼爱女儿，还有点可爱的小老头，让他有点愧疚。

而白庆余有自己的小算盘。

他没有放弃追欧阳，哪怕以这样的身份。他认为田磊有这个病，随时可能复发，只要他多接触欧阳，就仍然有机会。

第十三章　致命的风筝

这天，田磊和欧阳手拉手去公园散步。

滨海的四月，是木棉花盛开的季节。一树树绽放的花朵红红火火，笔直的树干没有多余的绿叶陪衬。这是欧阳最喜欢的花，她穿着一身紫色修身运动服，头发高高扎起，走起路来，马尾辫一甩一甩的。田磊看着欧阳在前面跑，不时地捡起地上的花朵笑着给他看，他摸摸她的脸，感觉心被幸福填满。

他多想娶她做自己的妻子呀！但他知道，他现在没有这个资格。

田磊觉得与其胡思乱想，不如珍惜当下，把握现在的每分每秒。

他们买了一只风筝，是一只"愤怒的小鸟"样式的风筝。在大片的草地上，欧阳负责放线，田磊负责拿着风筝跑，但是风筝怎么也飞不起来。明明有风，明明别人的风筝都飞得很高。一个律师和一个医生，两个高智商的人，居然对付不了一只风筝！

休息片刻，两个人继续上阵，依然放不起来，欧阳垂头丧气地坐在地上，这时一个身影朝他们走过来，原来是白庆余。

白庆余怎么知道他们在这里呢？这只有白庆余自己知道了。

他满脸笑意地走过来，说："真巧呀！我出来透透气，有幸见识了二位拙劣的放风筝技术。你们的'愤怒的小鸟'看来没有我的帮助，是很难飞起来了。"

说着从欧阳手中接过风筝，跑了没几步，风筝就飞了起来，欧阳和田磊面面相觑，连声称赞。

问他有什么秘诀，他说你们眼中只有对方，没有风筝，哪像我，光棍一个，眼里只有风筝。

说着，他递给欧阳一瓶矿泉水，让她喝点水。田磊说："我为什么没有？"白庆余说："要喝自己买！"

欧阳喝了几口水，然后说去上洗手间，就跑开了，边跑边觉得脸红心跳，一不留神，摔了一跤，头刚好撞在了草地上的石头上，顿时鲜血直流。她撑着爬起来，向田磊和白庆余的方向呼救，没喊几声就感觉天旋地转，眼前一片黑，然后昏了过去。

田磊和白庆余此时正在开玩笑，见欧阳迟迟不回来，就一起去找欧阳，结果发现欧阳倒在草地上，头上鲜血直流，染红了衣服，两个人吓坏了，田磊赶紧抱起欧阳，大声地叫她名字，白庆余赶紧拨了120。在救护车赶来前，白庆余采取了紧急措施，把衣服脱下来按压住欧阳的伤口，在检查了欧阳的情况后对她进行心肺复苏，当白庆余想给欧阳做人工呼吸时，被田磊拦住了，田磊说："还是我来吧！"两人忙活一阵，欧阳也没有醒过来，这时救护车到了，急救人员将欧阳抬上了车，一路狂奔到医院，进了抢救室。

抢救室的大门一关，田磊瘫坐在抢救室外的地上，眼泪在眼中打转。他总有种预感，他和欧阳的幸福日子可能不会长久，没想到这预感成真了。只是为何要报应在欧阳身上？她是那么好的女孩子，为了和他在一起，她和自己父亲都闹翻了。她是他的守护天使，现在天使受伤了，他却没办法为她治疗，他懊悔极了、害怕极了！那些鲜血触目惊心，勾起了田磊心底里最原始的恐惧，他又一次受到了巨大的刺激，他感到胸口很闷，快要不能呼吸。

这时田磊的面前出现了一双鞋，他抬头一看，是张律师。田磊赶紧站起身，想要解释这突如其来的事故，还没等他说话，一记响亮的耳光重重地落在了他的右脸上，他再想张嘴说话，又一记响亮的耳光重重地落在了他的左脸上，一时间田磊感觉有点蒙。

张律师的责骂声劈头盖脸而来，他抓住田磊的衬衫领子，质问田磊："欧阳如果不是因为跟你在一起，就不会发生这样的事！你就是一个魔鬼，你迟早会毁了我的女儿，你为什么不能离她远一点？为什么？！如果我的女儿有个三长两短，我就杀了你！"张律师像一只眼睛发红的豹子，此刻的他，把田磊的心掏出来喂狗的心都有了。田磊除了一句"对不起"，再也说不出任何话。田磊感觉内心那个幽灵从远处带着坏笑慢慢走来，他感觉眼前的景象慢慢模糊，他感觉喉咙很干。张律师还在骂他，可他的耳朵已经开始失灵，听不到张律师在说什么，只是看到张律师的嘴在一张一合。田磊无助极了，不知道为什么自己会身处这样的境地，他好想就此了结自己，有个声音告诉他，只要他死了，欧阳就能平安醒过来。

于是他发疯一样跑向电梯，一开门，就钻进去，按了最高楼的按钮，他心想：一切都可以结束了。欧阳，你要好好活下来，好好地为我生活下去。

到了楼顶，他张开双臂，看着傍晚的天空，此刻，他什么都不想再去想，事业、父母、朋友，他什么都不想要，他只想回归大自然，和大自然融为一体。此时，死亡像一颗甜蜜的糖果，充满诱惑，一瞬间，死亡的意念迅速壮大，占领了他的心。

田磊感觉十分轻松，好像终于要回家了一样。

这就是他的宿命。

这时，白庆余跑了过来，对站在楼顶边缘的田磊大声呼喊："田磊，你要干什么？你给我回来！你这样死了，对得起欧阳吗？她还在等着你呀！她醒了看不到你怎么办？"

田磊没有回头，他深吸一口气，然后缓缓地说："白庆余，你来照顾她吧，我不配，我在她身边，只会害了她，她不会得到真正的快乐，她迟早会被我毁了的。"

"好，那你跳吧！你这个懦夫！真不知道欧阳为什么会喜欢上你，你空有一副好皮囊，内里就是一个草包！我替欧阳不值！她在和死神抗争，你在这里玩跳楼。好呀，你跳吧！这回没人会救你了！"白庆余一边说，一边慢慢靠近田磊。

田磊最后回了一次头，说："谢谢你，庆余，好好照顾欧阳，告诉她，我不值得她等。"说着，往下一看，楼下聚集了很多人，像小蚂蚁一样。

自己的死有这么多人围观，算人生最后一次表演了。

田磊不再犹豫，他此刻内心十分平静。他突然想起钱正，钱正走的时候内心也是这样平静而笃定吧？再见了，人间，走这一遭，十分辛苦，不想再有来世了。

正当他迈出一只脚时，张律师赶来，他满头大汗，焦急地冲着田磊喊："小田，不要跳！是叔叔的错，叔叔话说重了，刺激了你，你不要跳，好不好？叔叔给你道歉，你不要步钱正的后尘啊！"

田磊一听是张律师的声音，收回了那只悬在空中的脚，回过头，哭着说："叔叔，您不需要道歉，从一开始就是我的错，我不该把欧阳拉下水。我贪恋她给的温暖，最后害了她。我死后，再也不会有人缠着她，让她好好地生活，忘掉我吧！"这时，田磊内心的那只幽灵开始催促他，快点跳下去，快点跳下去！

田磊眼睛一闭，纵身一跃。

他在空中感受到了久违的自由。

欧阳此时躺在抢救室，眼角流出了一滴泪。

第十四章　告别

　　欧阳的大脑受到了撞击，又流血过多，已经昏迷了十几天。没有人知道她什么时候能醒过来，还能不能醒过来。白庆余守在她身边，一边照顾她，一边安抚已经憔悴不堪，每天以泪洗面的张律师。

　　然而没有多久，白庆余就被公安机关带走了。

　　原来欧阳喝的那瓶矿泉水里，被白庆余下了剂量很轻的毒药。本来白庆余计划下毒使欧阳昏过去，自己再把她送到医院，告诉张律师是田磊发病时下的毒，这样张律师就会拆散他们，欧阳就会和自己在一起了。只是，他在实验室里拿药的过程，被摄像头全程记录了下来。还有，他没想到，欧阳会在倒地后撞在石头上。他现在十分懊悔，一时头脑发热断送了自己的大好前程。

　　张律师辛辛苦苦地把欧阳拉扯到这么大，眼看着她就要成家立业了，现在居然变成这个样子，他一时间仿佛老了十岁，头发都白了。

　　紧挨着欧阳病房的，是田磊的病房。

　　消防员及时赶到，田磊掉在了消防员搭设起的充气垫子上，捡回了一条命。只是，醒来后，因为大脑受到强烈刺激与撞击，记忆严重受损，以前的人都不认得了，他好像是有选择地记住了一些事，忘记了一些事。他的父母过来看护他，才知道他得病的事情。田磊一个人扛了那么久不肯和父母说，看见他呆呆的样子，他的父母无比揪心。每次经过欧阳的病房，田磊都会朝里看一眼，却没有任何表情。张律师看见他这个样子，也十分痛心。这十几天，张律师想开了许多事，也去问了欧阳的导师，了解到双相情感障碍是一种病，就像是心灵感冒。如果自己当时对晚辈能多些关心，对欧阳多些理解，或许就不会是现在这样。更何况，田磊是自己女儿喜欢的人。以前欧阳的妈妈工作忙，在欧阳小时候没有很多时间陪她，欧阳是张律师亲手带大的，所以父女感情深厚。现在欧阳好不容易有个喜欢的人，自己为什么不支持她呢？张律师越想越伤心，不由得老泪纵横。

　　这时候田磊的父母站在门口，白庆余向他们坦白了田磊和欧阳的事情，所以他们想要看看这个女孩子。他们走进来，看见躺在病床上的欧阳苍白而美丽的脸，张律师回头一看，不禁悲从中来。他颤颤巍巍地站起身，走过来扶住田磊的父母，三个人开始无声地哭泣，谁都没有注意到，病床上欧阳的睫毛颤动了一下。

　　田磊现在的状态不能上班，他脑海中反复回放自己跳楼时的画面，半夜时常惊醒，然后发狂似的摔东西。他的父母迫于无奈，含泪把他送到了精神病院。

　　田磊的父母看到他吃药后呆呆愣愣的样子，无比心痛，询问医生，田磊有无希望恢复正常。

医生叹了一口气说："本来田磊的双相情感障碍已经好得差不多了，只要不受大的刺激，不影响正常生活。欧阳的事情对他造成了巨大的心理创伤，他现在选择性失忆，其实是种应激反应，是自我保护的一种方式。其实是他从内心不想去面对现实，什么时候他攒足勇气了，也许就慢慢恢复了。"

田磊的父母听得似懂非懂，他们唯一能做的就是经常过来看他，陪他说话，开解他。

三个月过去了。田磊开始有好转的迹象，只是常常一个人对着角落流泪。

这天，田磊又一个人坐在角落发呆，突然有个人拍了下他的肩膀。他缓缓抬起头，发现是欧阳。两个人对视的一刹那，都产生了一种陌生又似曾相识的感觉。

欧阳昏迷了二十天后醒了过来。她的脑神经也受到了一定程度的损伤，所幸不严重，在恢复中。张律师问她，还记不记得田磊，她说名字好像很熟，但是和他之间的事情，想不起来了。欧阳的病，需要去加拿大继续治疗，那里有这方面最先进的设备和药物，治疗会有更好的效果。张律师为她办好了所有手续，打算陪女儿去国外治疗。临走这天，他要欧阳来看看田磊。欧阳虽然想不起来与田磊之间的事情，但还是听父亲的话来看他。她知道，田磊一定是一个对她很重要的人。

此刻，田磊和欧阳四目相对，曾经如此相爱的一对璧人变成如今这样，让人看了不禁悲伤。

欧阳看着田磊那张消瘦而依然帅气的脸，忍不住用手摸了一下，然后笑了一下。田磊痴痴地看着欧阳，也笑了一下。

两个人就这么相互看着，谁也没有说话。

好像过了一个世纪，欧阳转身，身后的田磊突然泪如泉涌。

第十五章　穿着铠甲的男人

欧阳来过之后，田磊奇迹般地恢复了。他的大脑开始越来越清晰，与欧阳之间的一切也都记起来了。

田磊出院了，阳光照在他的脸上，暖暖的。看着苍老了许多的父母，他感觉到了自己身上的责任和义务，觉得自己又是一个穿着铠甲的男人了。

他感觉那些如梦幻如泡影的记忆，曾经啃噬他灵魂的那些蚂蚁，好像一时间都跑光了。他的眼神坚定而清澈，他从一个男孩，成长为了一个男人。

其实，在欧阳临走时，转身那一刹那，田磊就想起来了，但是他不能留下她，她需要去治疗，自己不能再成为她的牵绊。

放了她，或许以后还能再见。

田磊重新回到律所上班了。滨海律师界对他和欧阳的事，以及他跳楼进精神病院等事，传得沸沸扬扬。但他不再惧怕，他不再是那个被恐惧缠绕的男孩了。

包晔热烈欢迎了他。两个人又跑到曾经常去的楼梯间抽烟。

包晔调侃道："兄弟，你行啊，跳楼、失忆、进精神病院，你这经历也太丰富了，韩剧的情节都有了。"

"抱歉，给大伙儿添堵了。我用有限的生命验证了几种可能性，现在终于活明白了！"田磊悠悠地说。

"哦？说来听听，怎么个明白法？"包晔好奇地问。

"由爱故生忧，由爱故生怖。若离于爱者，无忧亦无怖。"田磊望着外面蓝色的天空说。

"你生了一场病，这是要出家吗？"包晔停下吸烟的手。

"不出家，我要好好活。"

"那你要离于爱者……"

"爱在心里，不应强求，有缘自会相见。"田磊好像真的大彻大悟了，说出这些话时，内心极为平静。

"好吧，一切都好说。为了庆祝你重获新生，出去撮一顿吧！"

下午没有工作，两个人跑去对面的小饭店好好地吃了一顿。记不清多久没有如此坦然的心境了，田磊突然感觉山高水阔，感觉心底终于产生了一种叫作快乐的东西。

第十六章　异国奇遇

　　欧阳在加拿大的治疗初见成效，放松的环境让她得到了充足的休息。不过，那个叫田磊的人，她还是想不起来。父亲叫她不要着急，慢慢来，不要逼自己。

　　治疗休养之余，欧阳去了很多地方游玩，在常去的一个小酒吧，她经常看到一个和田磊长得很像的人在那里调酒，他是这个酒吧的调酒师。她看到他，就想起自己那天离开时，在她身后低声啜泣的那个男人。他为什么哭呢？她看到他哭，虽然没有有关他的记忆，但心里还是有一点点伤感。

　　这天，那个长得很像田磊的调酒师终于忍不住好奇，借给她端水的时机问："小姐，我注意到你经常看我，请问我们认识吗？"

　　"不认识，对不起。但是你长得很像一个我认识的人。"欧阳想了一下，微笑着说。

　　"男朋友？"

　　"我也不知道。"

　　欧阳不知道怎么回答，她父亲怕她伤心，不肯告诉她以前的事，让她自己试着想起来，她也不好追问。

"那必定是对你很重要的人。"调酒师对她说，"我非常荣幸和对小姐重要的人长得像。我叫Mike，是广州大学的交换生，在这里兼职调酒师，可以交个朋友吗？"

欧阳想，自己在这异国他乡，确实有点孤独，交个朋友也不错呢。

"好呀！叫我欧阳就行了，我来疗养的，之前摔倒撞到了头，失去了一些记忆。"

"或许我可以帮到你，我就是学医的。"

"那太好了，谢谢你！"

接下来的半年里，有了Mike的帮助，欧阳恢复很快，除了田磊，其他的人和事，她记得差不多了，包括暗恋她的白庆余。当然，张律师怕她伤心，没有告诉她白庆余给她下毒的事。Mike对她很好，帮她忙前忙后，任劳任怨。

张律师看着这个长相酷似田磊的小伙子，心里想，纵然万水千山，还是逃不过田磊这张脸，还真是邪门。莫非田磊有个双胞胎弟弟吗？这是电视剧里的套路啊，怎么会发生在现实生活里呢？

治疗差不多了，欧阳和Mike的感情也不断升温。两个人约好了，再过半年，Mike交换期结束，他们一起回国，欧阳去Mike实习的医院工作。那是广州的一家大医院，比滨海市医院在资质、设备上都要好许多。

张律师看在眼里，觉得也好，欧阳高兴就行，她可以开始新生活，对田磊、对她都是好事。或许，他们两个人还是没有缘分吧。

第十七章　回归的田磊

　　田磊回归工作后，把所有心思都放在了开拓案源上，之前"问天打卦"等待案源的他开始想办法营销自己，到处去开讲座，建立人脉，案源情况慢慢好了起来，收入也渐渐增多，他和包晔商量请个助理。

　　经过笔试和面试，谢莎莎进入了律所，成为田磊和包晔团队的助理。

　　谢莎莎长相一般，但是做事很认真细致，法学功底也不错，她的到来，让包晔和田磊的工作轻松了许多。为了培养谢莎莎，田磊和包晔开庭、谈判、出差都带着她一起，希望她可以快速成长起来。

　　这天，三个人一起出差去成都，在去机场的路上，包晔说："三个人的世界真好。"

　　"为什么呢？"谢莎莎在后座把头探过来，问道。

　　"因为一个人的世界很大，两个人的世界很小，三个人的世界刚刚好。"包晔说道。

　　田磊好笑地说："那你家不是两个孩子嘛，四个人的世界怎么样？"

　　"四个人的世界很烦，就剩下看孩子了。"

　　"哈哈哈！"谢莎莎和田磊被逗笑了。

　　"包律师，你真幽默！"

　　"那是，我小名就叫幽默。"

　　"你小名不是叫聪明吗？"

　　"我的小名有很多，根据实际情况决定叫哪个。"

　　田磊说："包律师的才华你才知道了一点点呢。"

　　"其实，我还有一个优点。"包晔说。

　　"啥？"谢莎莎问。

　　"长得帅。"

　　空气凝固了，然后田磊附和："包律师年轻的时候那可是眉清目秀的帅哥，不然也不会十八岁就把嫂子给拿下了。"

　　"这话说的！"包晔一边开车，一边甩了一下寸头，当然，一点头发也没有甩起来，"难道我现在眉不清、目不秀呀？难道我现在眉毛秃了、眼睛混浊啦？"

　　"秀秀秀，"田磊说，"你小名不是叫秀秀嘛！"

　　"哈哈哈！"谢莎莎笑得肚子疼。

　　莎莎心想：包大哥真是个好男人呀！中年男人真不容易呀，为了家庭事业整天忙活，没有自己的时间，只要头顶还有头发，归为帅哥就绝对没毛病。

　　到机场了，取停车卡的时候，莎莎的表姐发来微信语音咨询法律问题。莎莎刚按住语音键准备说话，包晔就对着保安亭大喊："包夜的包夜的！"然后莎莎松开按键，再点开，听见里面只有包律师喊的"包夜的包夜的"，表姐马上回复："什么情况，你和谁去包夜？"

莎莎哭笑不得，说："我和一个叫包晔的同事去出差，车停在停车场过夜，所以我同事对保安说包夜！"

包晔和田磊听到大笑起来。

"你们还笑呢，不知道明天我这个表姐会怎么添油加醋去我妈那里告状呢！包律师，你这名字是故意起的吧？"

"哈哈哈！太好笑了！"那两个人还是狂笑不止。

由于出差是临时决定的，他们没买到经济舱的票，迫不得已买了头等舱的票，三个人花客户的钱去坐头等舱的罪恶感在入座的一刹那消失了，互相调侃对方没有见过世面，仅仅是坐头等舱就这么开心。

头等舱的座位很宽大很舒服，一坐下来，立马有空姐送上拖鞋和水，比经济舱舒服N倍，而且每个座位前方都有小电视，可以随心所欲看自己喜欢的电影或电视剧。坐头等舱可以满足人的虚荣心，每个路过头等舱的乘客都会下意识地用目光不经意地扫视一下头等舱的几名乘客，期待可以发现某个明星的身影，为这次旅程镀个金。包晔见状，马上戴上墨镜，并且掏出电话，对着黑屏的手机说起来："小刚啊，哎呀，不好意思啊，行程太满啦！那部电影我很有兴趣，看看什么时候我们见面碰个头啊？对对对，再叫上艺谋啊！哪里哪里，我们什么关系，不用客气！"这么一说，果然连空姐都开始往这里看，过往乘客也好奇地看着这个跷着二郎腿戴着大墨镜对着黑屏的手机吹牛的人。

田磊和莎莎都睁大了眼睛，田磊捅了包晔一下说："哥，手机是黑屏的。"

包晔赶紧放下手机，悄悄问田磊："我的戏怎么样？"

"太棒了！别人肯定以为你是娱乐圈的著名大导演或者投资人。就是……"田磊欲言又止。

"就是戏有点过。"莎莎脱口而出。

"哈哈哈哈！"田磊捂住嘴笑起来。

"哥，人家空姐都是有乘客名单的，你这波操作糊弄乘客还行，糊弄空姐，估计难。"

这时空姐走过来，吓了窃窃私语的三个人一跳。

"先生，请问您需要加点什么饮料吗？"

"啊，橙汁。"包晔赶紧把杯子递过去，像一个做错事被抓包的小孩。

无论如何，下飞机的时候三个人的感觉很一致：这时间过得太快了！两个小时，电影还没看完呢。

又来成都啦，成都真是个好地方！

大街小巷都飘着火锅的味道，到处都是好吃的，冰粉、串串、麻辣兔头，当然，还有街头三三两两的美女。几乎每个人都化着精致的妆，身材苗条，笑靥如花，好像随时在等待着被星探发掘。

先解决吃的问题。来了成都，当然要吃火锅噻！

鸳鸯火锅走起！大片的麻辣牛肉扔进汤里，还有鸭肠、牛板筋、牛肉丸，肉的香味马上弥漫在不大的包间里。蘸料有很多材料，香菜、葱花、蒜泥、牛肉酱、辣椒酱、腐乳、酱油、醋、烧烤汁……当然在调好的酱汁里，要加上红油。

"没有红油的火锅，就像人没有了灵魂。"这话是田磊说的。

加上红油后果然更加香了，四川人民真是太会吃了！天天吃辣椒，皮肤却又白又细嫩，很少看到有长痘的，真是气死人。

酒足饭饱，来到酒店，田磊和包晔一间房，莎莎一间房。

包晔在头挨到枕头的那一刻，呼噜声就响起。这睡眠质量，一如既往的好。

田磊看了一会儿电视，想睡觉，奈何包晔的呼噜声太响，田磊实在睡不着，于是他决定出去走走。

夜里的成都，微风徐徐，有点凉。

田磊绕着酒店走了一圈，在花坛边上坐下来。听着马路对面火车站的报站声，为了坐高铁方便，他们特意选择了这家距离火车站仅有三百米距离的酒店。田磊此时感觉到身心自由，只是偶尔望着天空时，还是会忍不住想起欧阳。不知道她怎么样了，她的记忆有没有恢复？她，还记得他吗？

正想着，突然感觉大地晃了两下。田磊从花坛边上倒了下来。他坐在地上想：怎么回事，难道我晚上喝酒喝得上头了？这时，大地又晃了起来，田磊这才反应过来，是地震！他心里十分害怕，第一个想法是：我不能就这么死掉，我还想再见欧阳一面！

地震持续了约十秒就结束了，这时酒店里冲出两个尖叫的人；一个男的背着背包，穿着拖鞋；另外一个女的披头散发，穿着睡衣。

"啊！地震啦！地震啦！"

田磊定睛一看，原来是自己的两个小伙伴：包晔和莎莎。

他们看到田磊坐在花坛边的地上，赶紧过来拉起他，包晔说："你没事吧，吓傻了？什么时候跑出来的？"

"地震了，我们要不要跑？"莎莎喘着气问。

"你们没觉得，除了我们几个，其他人都很淡定吗？"田磊说。

"是哦！刚才路过酒店大堂，前台跟没事人似的。"包晔这才想起来。

"在四川，地震很平常的，他们习惯了吧。"莎莎说。

三个人没有地方去，街上也没看见骚动的人群，想想还是回酒店吧。

路过前台，包晔忍不住上去问值班的前台小姐："刚才地震了，怎么没人跑？"

前台小姐抬起眼皮瞄了一眼眼前的三个人说："大震跑不掉，小震不用跑。"

三个人交换了下眼神，莎莎说："说得有道理呀！四川人民这心理素质，一看就是'百震成钢'。"

"那现在怎么办？"田磊问。

"回去睡觉吧，明天早上还要去绵阳。"包晔打了个哈欠说。

这一夜，三个人都没有睡好，都怕大地再晃几下，这是拿命出差呀！

第二天一早，昨夜地震的新闻出来了，距离成都一百公里的某个县发生了 5.6 级地震，所以成都有强烈震感。

三个人坐在高铁上，唏嘘不已，感慨自己还活着。

朋友的慰问信息也纷纷发来。

到了绵阳，走出火车站，呼吸一口新鲜的空气，然后他们在火车站附近找了一家小饭店，每人点了一碗鸡汤米粉。这米粉真好吃啊，软绵绵的；汤也好喝，一尝就是熬的鸡汤，不是鸡精、味精兑水调的。连田磊这个不爱吃米粉的人都把汤喝得一口不剩。最重要的是，这是他们经历地震后的第一顿饭，劫后余生，分外有意义。

打车去法院，离开庭时间还早。田磊和包晔换好律师袍，等待对方律师和法官的到来。

法官和书记员都到了，对方律师还没有来。不一会儿，对方律师的助理来了，说对方律师出差刚回来，正在往法院赶。

法官有点生气，说到时间就开庭，不来算缺席。小助理一听，吓坏了，赶紧跑出去给她老板打电话。

刚好九点，对方律师赶到了，一来就赶紧穿律师袍，鉴于马上要庭审直播，法官没有再说什么。

全体准备好。法官先退场，然后书记员宣布法庭纪律，全体起立，法官入场，全体坐下。

首先由原告方宣读起诉状，田磊为了节省法官时间，一般回答"与书面起诉状一致"，今天法官示意他念一遍。于是田磊铿锵有力、一字不落地将起诉状念了一遍。

然后进入举证质证环节。由于是二审案件，双方都没有新证据要提交，所以这个环节省去了，直接进入辩论环节。这是包晔的强项，由于事先已经猜到了对方的思路，包晔准备了相应的书面辩论代理词，他又临场将辩词进行了一些调整，一番辩论说得对方律师哑口无言。

最后陈述，双方都非常简短。

田磊："请求撤销一审判决，改判支持原告诉求。"

对方律师："请求维持一审判决，驳回原告诉求。"

法官法槌一落："今天庭审到此结束。鉴于双方不同意调解，本庭不再主持调解，择日宣判。"

庭审顺利结束。

坐在旁听席上的莎莎惊叹于今天精彩的庭审，双方看似都非常平静，实际上针锋相对，各自的观点都有相应的证据，结果难料。

"包律师，好像我们赢的概率大一些，感觉开庭时法官对我们这一方态度好一些。"莎莎高兴地说。

"不能这样判断，法官的态度并不能决定庭审的结果。"田磊叹气。

"这样啊……"莎莎说。

"我们拭目以待吧。这个案子的当事人对我们隐瞒了重要信息，导致我们十分被动啊，目前的争议焦点很明确，就是债转股有没有完成，以对方掌握的证据来看，判对方赢也有一定道理。"田磊慢悠悠地说。

"嗯，所以当事人不该对自己的律师隐瞒任何信息，到头来买单的还是他自己。"包晔叹气。

"所以律师要有个好心态，对得起自己的职业操守就行。"包晔继续说。

"嗯，我知道了！"莎莎答道。

第十八章　渣男

欧阳和 Mike 回国后开启了全新的生活。

两个人的关系越走越近，欧阳也说不清楚这种感觉是不是爱，只是喜欢Mike对自己的爱护与关心。她模模糊糊觉得，自己心里还有另外一个人，但是她想不起来，或许也没有想起的必要，现在这样就挺好的。广州的医院很气派，新的生活开始了，她没必要留恋没有影子的过去，就当那是上一世的事情吧。

Mike观察欧阳，看到她越来越依赖自己、喜欢自己，他反而没有了征服的欲望。因此Mike渐渐地对欧阳不再那么殷勤，回到医院发现又来了一批新的实习生，个个年轻漂亮，像水葱似的，逗逗这个，撩撩那个，整日在花丛中流连忘返。

欧阳感觉到了 Mike 对自己的疏远，她想，或许是她自己多想了吧，Mike 为人比较热情、开朗，喜欢与人相处，不一定是坏处。

直到她看到 Mike 与一个妖娆的实习生在医院小树林的角落拥吻，她才如梦初醒，原来，这不过是一场梦。一回国，她就该清醒了。

她简单地收拾了行李，写好辞职报告，打算回滨海。

Mike 看到她铁了心要走，跪在地上泪流满面。

"欧阳，你不要走，我只爱你一个人，和其他人不过是逢场作戏。"

"你的爱太廉价，我不需要，你爱和谁逢场作戏，也和我无关。"

Mike 是一个情场老手，惯会取悦年轻女性，让她们倾心于他，一旦她们对他死心塌地了，他又觉得失去了乐趣，开始寻找新的目标。当这些女孩伤了心，想要离开他时，他又痛哭流涕地去追她们，让她们违背内心继续和他在一起。Mike 的想法是，只有他主动甩别人，没有别人甩他的。

很明显，这次他找错了人。

冷酷起来的欧阳，像变了一个人，不再是那个听话、温柔、小鸟依人的女孩。此刻，她如此坚定，甚至都懒得看他一眼。

"你真的要走吗？你不要后悔！"

欧阳提着行李，已经走到了门口，听到 Mike 在身后这么说，她什么都没说，只是冷笑了一声，然后头也不回地走了。

此时，欧阳如释重负。老实说，她其实没有很喜欢 Mike，只是他在她最脆弱的时候，恰好出现了，她利用他来疗伤。她心里其实没有那么伤心，反而有一丝欣喜，用这种方式结束彼此的关系，自己成了受害方，是最有利于她的结局。欧阳想想，自己也挺"腹黑"的。这世上哪有什么绝对的好人呢？人都是先利己再利他呀！

还有一个更重要的原因，就是她的记忆开始恢复了，断断续续回忆起的片段，逐渐拼凑起了关于田磊的一切。

第十九章　重逢

　　回到滨海的欧阳，受到了父亲的热烈欢迎。

　　父亲终究是希望把女儿留在身边的，但是又怕她回到故地勾起伤心往事。但是，又能怎么样呢？顺其自然吧。

　　安顿妥当的欧阳去了海边，儿时她有什么伤心事，就会来海边的情侣路走一走，让海风把自己的头发吹乱，望着辽阔的大海，她感觉人很渺小，人的愁苦更加不值一提。她想象着自己脑袋里的愁绪被这海风吹到很远很远的地方，大脑和心好像都被清空了，一切都可以重新开始，就像按了一下删除键。

　　她一个人慢慢地走着，晚霞染红了天边的云彩，路上来来往往的人，脸上都洋溢着笑容，好像都在对她说："嘿，你开心起来呀！"

　　她走累了，坐在沙滩上的一块石头上休息，看着身边一对年轻的父母带着一个小男孩在挖沙子。小男孩三岁左右，圆滚滚的小脸，胖乎乎的小胳膊，极其认真地在用一把塑料小红锹挖着地上的沙子，挖了一个又一个的坑，他身边的父母依偎在一起，笑意盈盈地看着他。这场景真幸福啊！欧阳不禁嘴角开始上扬，小男孩也对着她笑。什么时候，我也能这么幸福？欧阳想。

不一会儿，这家人要走了，礼貌地和她道别，小男孩本来已经走了十米远，突然又跑了回来，亲了一下欧阳的脸，说了一句："你笑起来真好看！就像花一样！"然后跑着去追等他的父母。

欧阳很开心，看来自己经过这一场大病，美貌依旧，连三岁的小男孩都夸她好看呢！

太阳马上就要落山了，趁着这最后的时间，用尽全力把目之所及的一切都染上了金灿灿的颜色。这之后，就是黑夜了。

欧阳站起身，准备回家。

然后她看见了一个人，正在朝她的方向走来，穿着笔挺的西装，打着领带，一看就是一下班就跑出来的人。这身影好熟悉……

终于那人走近了，现在就离她一米远。这个人正是自己心里那个影子，只不过本人比那个模模糊糊的影子还要帅气逼人。

"欧阳，欢迎你回来。"田磊开口说道，很平静。

"谢谢！"欧阳同样平静。

"你，记起我了吗？"田磊的语气有点迟疑。

"你是我的爱人。"欧阳依然平静。

然后两个人都笑了，笑得很开心。

田磊轻轻地走过来，拉起欧阳的手。田磊的温度一瞬间传递给了欧阳，她感觉到了久违的温暖与幸福。

"你好了吗？"欧阳大声问。

"好了！你呢？"田磊同样大声地问她。

　　"我也是！"欧阳响亮而喜悦的声音，随着海风传得很远。

　　一对分开已久的情侣终于等到了重逢的时刻。唯有海风还在忘情地呼啸，海水击打着岸边的礁石。

第二十章　阳光下的抑郁症

　　一个月后，在张律师、田磊和其他十几位律师的倡导之下，律协首次举办了关于抑郁症、双相情感障碍等常见心理疾病的讲座，聘请了欧阳的导师为主讲嘉宾，滨海市电视台对此进行了报道。这次讲座倡导全社会关注心理健康和精神健康，关爱抑郁症患者，引导抑郁症患者正确面对心理疾病，积极进行正规治疗。讲座结束后，每家律所都开会普及关于抑郁症的知识和自查方法，一时间得过和没得过抑郁症的律师们纷纷现身说法。

　　滨海市医院精神科和滨海市律协签署了框架合作协议，就关注律师们的精神健康达成了一致合作意向，定期举行义诊，为抑郁症患者提供免费的诊断服务。律协从会费里拨出一部分款项，在律师每年年底的体检套餐里增加了心理检查一项，将心理检查常态化。

　　田磊和包晔被评为 2019 年度滨海市优秀律师，升为荣邦律所合伙人。

　　欧阳根据田磊的患病记录整理的论文获得了国家医疗贡献

奖，她本人升职为滨海医院精神科的主任医师。

田磊和欧阳去探望了白庆余，并原谅了他。

一个清晨，田磊和欧阳一起去钱正的墓地，放下一束白菊花。田磊久久地望着墓碑上钱正年轻的脸，起风了，好像钱正在和他诉说着什么。

田磊脱下西装外套为衣着单薄的欧阳披上，两个人手挽着手离开了墓园。

身后，灿烂的阳光照耀着大地。

苏醒的晨光

——谨以此故事献给所有

在平凡的生活中

努力坚持的年轻人

第一章　行走风景

天雷滚滚，大雨如注，狂风哀号。

苏晨半夜惊醒，迷迷糊糊闪过一个念头：如果我现在出去，会怎么样呢？当然，这个问题仅限于提出，不适合求证。这样的暴雨天，可以枕着又松又软的枕头睡觉，是一件多么幸福的事啊！苏晨满足地翻了个身，继续睡。

最近她最爱的时光，就是洗澡后披着湿漉漉的头发，蜷缩在椅子里，手里捧着一袋锅巴看电视剧。这是一种填满空闲时间的方法，也是一种获得鼓励的方法——从电视剧剧情中获得鼓励。因此，她睡觉的时间也越来越受到剧情的控制，刚刚躺下时脑袋里常常是剧中一群人物在打转。

苏晨是个怀旧的人，爱看多年之前的电视剧，比如《还珠格格》《男才女貌》《少年卫斯理》《对门对面》《北京夏天》之类。这些电视剧最早的是小学时看的，其次是中考后看的，虽年代久远，但她对它们的兴趣却历久弥新。所以说很多人是从大学毕业了，思想却还留在学校里，她就是典型的例子。

这些电视剧中，苏晨印象最深的是中考后看的《男才女貌》，她最喜欢里面林心如扮演的女主角。上高中后班上有个男生叫魏然，身材颀长。不知为什么，第一眼看到他，苏晨就觉得他有"苏拉"的神韵，不由分说，苏晨开始了把魏然唤作"苏拉"的日子。这个称呼一直延续到现在，两个人都已大学毕业，苏晨还是会偶尔叫魏然"苏拉"。更加造化弄人的是，魏然偶然间发现他们两人居然是同一天生日，只不过苏晨早生一年。因为都与"苏"有联系，所以苏晨不由分说地认"苏拉"做了弟弟。"苏晨、苏拉，听着多和谐呀！"这是苏晨的"认弟"理由，魏然对此不发表评论。

早上八点，手机闹铃准时响起，睁开眼睛的那一刻，苏晨很不情愿。枕头是个多温柔的港湾啊，是她大脑连带思想最安全亲近的休憩之所，有时候人恍惚地起来了，精神还黏在枕头里松软的羽毛上。今天，苏晨一反常态，一跃而起，心想起床就是要这种态度，果断、坚决，不能想太多，否则就会有"再睡十分钟"的邪恶想法，而后果是极其严重的。

今天的任务是去法院查找材料。

书记员李西文热情地接待了苏晨，倒水拿报纸，忙得不亦乐乎，将绅士风度发挥到了极致。苏晨此刻才算体验了什么叫"受宠若惊"，心想，之前联系时电话里那个冷漠的声音安到这个浑身散发着亲和气质的书记员身上怎么那么诡异呢。

室外三十五度的气温抵不过空调强大的制冷功能，苏晨捧着一纸杯的热水坐在沙发上瑟瑟发抖，莫非这就是传说中的"冰火两重天"？苏晨叹了口气看着李西文忙碌的身影在眼前晃来晃去、东跑西颠，她心里突然觉得有点温暖。有多久没有这种感觉了？她自己也记不清了，也许只是因为手上这杯热水的暖意吧，她好笑地想，自己是多么容易感动的一个人啊。她喝了一口水，埋头找起那份至关重要的资料来。

一尺高的资料被苏晨一张张从左边移动到右边，那份文书还是没有出现。苏晨早就有这个心理准备，也没表现出太多的失望。李西文走过来，问道："找到了吗？"

"没有。"苏晨抬起头，不好意思地对李西文笑笑，推了推眼镜，说，"我该走了，谢谢啊！"

"没事，那份文书你回去再好好找找，也许在你们所那边，按理说破产的资料都是一式两份，你们所应该都有留底的。"

"嗯，好的，我回去再找找。"说着，苏晨站起身来，走出了书记员办公室。慢慢走着，听自己高跟鞋敲击地面的声音在长长的走廊里回荡。苏晨喜欢自己行走时的样子，西裤衬衫，盘起的长发，自信、清新。无论她多么不开心，只要走起来，她就坚信自己是一道风景。哪怕没人欣赏，还有自己欣赏，就值得稳稳地走脚下的每一步。

外面阳光明媚，法院前面的木棉花开得火红火红的，扑面而来的热空气令苏晨觉得有点眩晕。打开伞，她突然想到大学时一个女同学的话——"我们女孩子是不能被阳光晒到的"，就咯咯地傻笑起来，跑着穿过斑马线。风吹起她的浅笑，美好而明亮。

第二章　一枚戒指

　　第二天是周末，苏晨没有像往常一样睡到中午才起来，早早起来，拉上好朋友齐明朗来到了商场。齐明朗是苏晨大学时的同班同学，也是最好的朋友，两个人无话不谈，亲如姐妹。苏晨曾说："要是咱们性别不同就好了，肯定很恩爱呀。"对此，明朗也表示极为赞同。明朗是个很好玩的女孩，有时感性如水，有时硬如钢铁，幽默而富有正义感。

　　两个人凑在一起，迫不及待地八卦起周围的事，不知不觉就聊了很久。每次和明朗在一起，苏晨心情就会特别好，也会不知不觉变得快乐起来。

　　"我跟你说啊，我昨天在路上看到我们高中的数学老师了，哇，几年不见，发福发得呀，跟馒头似的，我看着他张着嘴，愣是没敢叫老师。这哪里是高中那个风流倜傥、人见人爱、花见花开的青年才俊啊？都说岁月不饶人，怎么不饶到这种程度啊，那简直叫岁月糟蹋人啊！想当年，我多么崇拜他，多么爱他，我的爱犹如滔滔江水，绵延不绝……"

"打住打住！不就是肥了嘛，再过几年，没准你也发福了，跟刚才过去的那个大婶似的，肚子像吹起来的气球。到时候你就会发现，岁月逮着谁糟蹋谁，完全不以人的意志为转移，甚至越是不该被糟蹋的就越被糟蹋。所以，你啊，做好准备吧！"

"哼，做准备也要拉着你一起做准备！"明朗伸手去掐苏晨，苏晨赶紧跑开，两个丫头闹成一团。青春多好，可以这样肆意地挥霍、旁若无人地大笑，不去理会五米之外一票人的侧目。

"好啦好啦，该干正事了，今天是来买戒指的！"苏晨一语制止了明朗的猫爪神功。

"嗯嗯，好了，看在你是来完成你妈任务的分份上，就放过你了。我说你妈真是奇怪呀，好好的，要你买戒指干吗呀？"

"我哪里揣测得到我妈的圣意啊！少废话，快来帮我挑。"苏晨一把拉着明朗来到饰品店。两个人四只眼睛对着小店里仅有的一盘戒指横扫而过，马上决定要买那枚带有红色锆石的戒指。原因是，苏晨妈妈叮嘱苏晨买有红色钻的戒指，至于钻是真是假无所谓。这枚戒指是唯一符合要求的。买下了这枚戒指，苏晨戴在手上，左看右看，左思右想，实在想不出妈妈的用意。算了，完成任务就行了，既然妈妈说是天机，还是不知道更好一些。两个人为如此迅速地完成今天的正事开心不已。

迈出饰品店的门，齐明朗严肃地说："钱是有限的，衣服是无限的，把有限的钱投入购买无限的衣服中去，是女人毕生的事业。"两人相视一笑，欢天喜地地投入"战斗"当中。

战斗完毕，已是傍晚。吃过饭后，在公交站道别，各自回家。晚霞已经染红了半边天。

逛街绝对是个体力活。苏晨回到屋里马上瘫倒在床上，举起手仔细看那枚戒指，红色的锆石有点大，戴着它自己像是用廉价珠宝装饰自己的落魄贵妇。这样想着，人已困得不行，手机却突然响了。她不情愿地拿起手机一看，是魏然。这小子是不是有千里眼啊，偏挑这个时段打电话。苏晨运了一下气，呼出一个字："喂！"

"我的妈呀，姐姐，谁惹你了，火气这么大呀！我的心脏快被震裂了！"

"谁让你这个时间吵我睡觉？心脏塌了赶紧搭桥去，快点，收拾收拾去医院吧！"

"哎呀，我错了，我有罪，我罪该万死，我死不足惜我不该打扰苏姐姐睡觉还不行吗？你这睡的是什么觉啊？现在是下午七点呀，午觉加长版？"

"去逛街了，累死了，脚都快骨折了。你有什么事啊？"

"问候一下你呗。最近工作忙不忙啊？据说你现在是实习律师啦！"电话那头，魏然的语气明快而充满期待。

"还行吧，能做的事情有限，主要内容还是复印什么的，偶尔写写律师函之类的，还剩一大部分时间在发呆。你怎么样啊，工作定了吗？"

"定了，去核电站，具体工作地点还没有确定，看公司分配了。"

"核电站啊！"苏晨脑海中立刻浮现出日本地震核电站爆炸的新闻，感到一阵阵恐惧袭来，"在核电站工作很危险吧？而且还有辐射，对身体不好吧？"

"那点辐射小意思，仙人球不是还成天在电脑旁边吸辐射嘛，我的生命力可比仙人球还要旺盛呢。核电站听着多威武啊，特有成就感。"

"嗯，你要成就感不要命是不是？要是跟日本似的出了问题，那……"

"哪来那么多问题啊，这么不相信科学啊？对了，凌远回来了，有空出来聚聚吧。"魏然这才想起今天打电话的目的，"如果你没有意见的话就下周三晚上九点星语酒吧见，那儿离你上班的地方近，方便你过来。怎么样，我伟大吧？我自己都觉得自己伟大了……"

"好，你伟大，行了吧？行，就那个时间吧。你真是的，凌远回来不早说，绕了这么久才绕到正题上来，浪费我的感情。行了，没事我挂啦！我快困死了！"

"行了，你去睡觉吧，记得时间啊！不记得也没事，我提前一天会再提醒你的！嘿嘿，拜拜！"

挂了电话，苏晨还是很高兴的，凌远和魏然一样也是她的高中同学，三个人关系很好，毕业这么多年还一直保持联络。凌远是个很有抱负的人，立志献身科学，是学术型人物。由于忙着学习，凌远有两年没有见过苏晨和魏然了。带着对下周聚会的期待，苏晨愉悦地把脸埋在最爱的枕头里。

日子平淡如白开水，上班，下班，看电视剧，苏晨倒也自得其乐。

周三下班后，时间尚早，苏晨心血来潮，跑去附近的书店看书。书店是个好地方，一进去马上与喧嚣的外界隔离开来，感觉自己沐浴在作者们的智慧之中。选了几本书，找个角落坐下来悠闲地翻看。正看得起劲，旁边有一人落座，苏晨斜眼一瞄，好家伙，一个长发垂肩的年轻男子，表情肃穆庄严，穿着时尚。

瞄完了脸，苏晨想瞄一下如此妩媚的人物看的什么书，还没瞄到书，先瞄到了手，细长的手指上居然也戴了一枚和自己相似的镶有红色宝石的戒指，真是巧啊。男子发现了苏晨对他的"关注"，礼貌地问："小姐，有什么事吗？"

"啊？哦，没有，就是看到你戴的这枚戒指很好看，呵呵呵。"苏晨不好意思地笑笑，感觉有点尴尬。

"哦，这个啊，我妈听临西那边的算命的说的，说是能早遇贵人相助。"

"哦，这样啊，你母亲很关心你啊，呵呵。你先看，我再去挑两本书，呵呵。"苏晨逃也似的离开了书店。现在她明白了，怪不得妈妈去了趟临西就下圣旨让她去买戒指呢，看来，妈妈的"天机"就是希望她早遇贵人，早点受到点化，过上美好生活啊。唉，这个算命的把"天机"批量泄露啊。不过妈妈为了她好，可真是什么招都用啊，物理的，心理的，现在命理都用上了。

苏晨一边走，一边摸了摸左手中指的戒指，觉得心里满满的都是母亲的关爱。这枚戒指能否带来贵人并不重要，重要的是妈妈这个守护神，一直守护着她。但一想到自己现在的处境，心就沉下去了，唉，也确实需要个贵人来相助……

苏晨毕业后没有回老家，留在了大学所在的城市，为了喜爱的法律专业到律师事务所做助理，工资不高，够维持生活，每月大部分的钱都贡献给了房东。目前做的工作也都是很机械的活，例如发快递，复印、扫描文件，偶尔写点简单的文书，还有很多时间被白白地浪费了。都说清闲好，她却有点迷茫了，这难道就是自己想要的工作吗？她虽然明白这是每个刚毕业的大学生起步阶段必经的迷茫期，但仍然感到未来充满不确定性。在这座城市，没有亲人，独来独往，若不是有几个同学，真不知道日子要怎么撑下去，孤独会将她吞噬吧？

　　酒吧里人不多，灯影重重，音乐轻快。离约定的时间还早，其余两个家伙还没到，苏晨找了个靠边的位置坐下，要了杯菊花茶，翻着刚买的一本励志小说，心情大好。不知何时，一位身穿红色长裙的女子已开始弹奏《雪之梦》，开始弹得还很顺，苏晨觉得喝的茶更甜了，正陶醉呢，几个音就塌下去了。"真是不禁夸啊……"苏晨叹了口气。望着窗外，车流如梭、人来人往，这个平静的傍晚，一如恬淡的菊花茶，芳香四溢。

　　城市最大的特点在于人群的集中，生活、娱乐、消费，构成一个庞大的系统。有时城市的喧嚣会给人带来安全感，置于城市高楼之下，热闹将你淹没，占据你生活的每个角落，当你内心空虚时，这种喧嚣与热闹会为你注入活力。当你内心充满郁闷或惆怅时，则想要逃离，渴望一个可以喘息的无音环境，仔细地梳理一下内心的千头万绪。

　　人发呆时往往会忽略时间的流逝。

　　不知何时，华灯初上，窗外已明亮如昼。

　　"苏晨！"循声望去，魏然和凌远正向苏晨招手。苏晨开心地招呼他们过来。

　　"来多久啦？"魏然笑问。

　　"好久啦，反正下班没事，就先过来了。不像你们俩大忙人啊！凌远，这么久不见，变帅了嘛！"

　　"哈哈，这话我爱听！"凌远比两年前更挺拔了，时间把他打磨得英气勃发。三个人兴奋地聊着彼此的现状，回忆高中时的美好岁月，笑声阵阵。有朋自远方来，真是人生的一件乐事！

这时有人从背后"啪"地拍了下苏晨的肩膀。

"嗨，没想到在这儿见到你呀，我跟同学一起来的，看到你在，过来打声招呼。这两位是你朋友吧？你们好，我是苏晨的大学同学，叫齐明朗。很荣幸见到你们，真是开心啊！"

苏晨还没反应过来，见齐明朗已经以每公里一百八十迈的速度自我介绍完毕，不禁一时语塞。

"啊，我来介绍一下，这是魏然，这是凌远，这是齐明朗，她已经介绍完自己了，我还是要再补充一下，这位可是才女，英语超级好，口才一级棒，曾经是我们校英语辩论队的队长呢，钢琴也弹得好！"苏晨从不掩饰对齐明朗近乎崇拜的赞美。

"哇，这么厉害！"魏然脱口而出，凌远也连连点头。

齐明朗有点不好意思地捋了下刘海："哎呀，我哪有那么厉害呀，说得我都有点不好意思了，嘿嘿嘿。行，我那边还有同学，先过去了，你们聊！"

"好的，去吧！"目送齐明朗离去，苏晨回过头，发现凌远眼里闪耀着光辉。苏晨捧起菊花茶缓慢地喝了一口。

"你同学挺可爱的呀。"魏然说。

"那当然了。"苏晨炫耀地说，"咦，苏拉，你是不是……"

"当然不是了！"魏然大声否认。

坐在一旁的凌远一直没有出声，摆弄着手里的杯子。

"喂！凌远，你觉得刚才那个小姑娘可爱不？"苏晨问道。

"群众都认为可爱了，我得站在群众一边呀，呵呵。"凌远笑笑。

"凌远，你这一点倒是没有变，说话还是那么滴水不漏。"

苏晨直直地看着凌远的眼睛说。

"多谢夸奖啦，哈哈。对了，苏晨，有没有见过杀人犯之类的呀？他们长啥样呀？"凌远好奇地问。

"可惜呀，一直没有这个机会，做的都是民商事案件，都十分安全。"

三个人这么聊着聊着，已经快到夜里十一点了，齐明朗过来说："我们那群散了，你们什么时候走呀？"

"时间差不多了，明天还得上班，咱们也撤吧。"苏晨提议。

"好，一起走吧！"凌远附和道。

"苏拉，你送我回家。凌远，你送下明朗，刚好你们顺路，是吧？"苏晨向凌远眨了下眼睛。

其实苏晨清楚，他们一个住城北，一个住城南，说顺路实在是不靠谱。

凌远愣了下，随即说："对，我送你吧！"

明朗没敢看凌远的眼睛，低着头不好意思地说："那，麻烦你了。"

"不麻烦不麻烦，凌远练过跆拳道，你跟他在一起，绝对安全！"魏然插话道。

"我很安全的，哈哈。凌远，你的跆拳道应该用不上。"

四个人都笑了，一起出了酒吧。

繁星满天。

多美好的一个夜晚啊，苏晨想。

第三章　生日快乐

　　空气中弥漫着龙眼树的香气，月光洒在地上，细碎如银。六月的夏天，有点热，有点晕，还有点浪漫。

　　这个如轻音乐一般浪漫的夜晚呀，如被触动的钢琴黑白键，美妙从心底流出来。明朗笑了。

　　苏晨路上不说话。魏然说的笑话，她都没听见，只在结束时笑一笑。她为什么有点不开心呢？

　　不论因为什么，她相信明早起来，她都会开心起来。

　　四个人各有各的心事。

　　七月至，魏然去了别的城市工作，凌远回了学校，苏晨又回到了往常的生活轨道，偶尔找明朗逛街，两个人一起去淘很便宜的衣服，吃小店的酸辣粉，平凡的日子中点缀着稀稀拉拉的欢乐。

　　有一天晚上，苏晨做了一个梦，梦醒后已记不清内容，只是枕头湿了一片，心有点绞着似的痛。呆呆地坐了一会儿，躺下接着睡，却再也睡不着了。

你是不是有时也会半夜惊醒，想着一些不着边际的事呢？

三天后，周末。

苏晨生日那天，请了明朗一起吃饭庆祝。二十几岁的青春，像沙，越怕流失就流失得越快，所以，此刻陪在身边的人，该珍惜。正在切蛋糕，一个电话打来，是魏然。

"苏晨姐姐，生日快乐呀！"

"苏拉也快乐呀！我就等着你先跟我说生日快乐。我跟你说，这叫长幼有序！"

"你就用你那些法学理论尽情地欺负我吧，就当是我给你的生日礼物啦！今天跟谁一起庆祝的呀？"

"跟明朗呀，我们两个在一起切蛋糕呢。怎么样，要不要给你留一块呀？水果味的，很好吃！"苏晨坏笑，预备馋死电话那头的魏然。

"记得给我留呀，我这就来吃。"魏然挂了电话。

苏晨原本打算好好逗逗他，魏然突然挂断电话，让苏晨有点迷糊。仔细一琢磨，难道他真的要过来？苏晨切蛋糕的手一下子停住了。

"苏晨！"眨眼间魏然已在面前。

苏晨惊到无语，看到魏然额头上全是汗珠。

"你怎么来了?!"苏晨愣了两秒后才脱口而出。

"这不是来给你祝寿嘛！我够意思吧？坐昨晚的火车过来的，刚好赶上吃蛋糕啊，不错，来得早不如来得巧！"看着魏然稍显疲惫的面容，苏晨有点不知所措，切了一块大大的蛋糕连忙递上去。这才发现，明朗一直在旁边笑。这个丫头不说话多不正常呀。苏晨一扭头道："明朗，你早就知道，是不是？你把信息出卖给苏拉的？"

"这怎么叫出卖呢？这叫为你制造惊喜！有朋自远方来，不亦乐乎，现在你快乐不？"明朗狡黠地笑。

苏晨故作认真地想了下，然后大声地回答："我很快乐！"笑得泪花都出来了。一个人在外，有人见证你又长了一岁，是件很开心的事。

过去的一年，好的留下，坏的滚蛋！

对酒当歌，人生几何聚与散。

念与朝夕谁做伴，问号，成串，成串……

饭罢，三个人在马路上溜达。晚上十点，路上人不多，微风徐徐，很舒服。大家喝了点酒，兴致很好，明朗提议跳舞，苏晨马上响应。两个丫头打开手机放了首欢快的歌，就在马路上跳起来，魏然在一旁不断地叫好。他看着苏晨穿着长长的白色纱裙，那样开心地笑着，觉得心头像被熨平了似的，很舒坦，很放心。苏晨是个不会掩饰情绪的人，不开心会马上找人把坏情绪倒出来，魏然就是那个接收她坏情绪的人。听她说找房子的辛苦，与室友相处的摩擦，工作上的不顺心，偶尔的颓废，听她说所有的心情。现在看着她的心情这般好，魏然觉得此次过来，是件很有成就感的事。

好的朋友，无论何时都能给你一个你想要的表情，忍受你的低落，不嫌你烦，陪着你，希望你好。魏然的突然出现，让苏晨感动。有个人愿为你深夜奔走，还奢求什么？

翻开手机，看到凌远发来的祝福短信："生日快乐，生当快乐，长命百岁！"苏晨不知道自己是什么样的感觉，这感觉像没熟透的芒果，又酸又甜。但，凌远是属于明朗的吧？她看得出。苏晨是个懂得克制情感的人，她知道该怎么做，而且也已经做了。

她不禁想起了林徽因的那首诗：

你是人间的四月天
—— 一句爱的赞颂

我说你是人间的四月天；
笑响点亮了四面风；
轻灵在春的光艳中交舞着变。

你是四月早天里的云烟，
黄昏吹着风的软，
星子在无意中闪，
细雨点洒在花前。

那轻，那娉婷，你是，
鲜妍百花的冠冕。你戴着，
你是天真，庄严，
你是夜夜的月圆。

雪化后那片鹅黄，你像；
新鲜初放芽的绿，你是；
柔嫩喜悦，

水光浮动着你梦期待中白莲。

你是一树一树的花开，
是燕在梁间呢喃，
——你是爱，是暖，是希望，
你是人间的四月天！

苏晨常常想，爱是什么样的？如果有一天想把这样一首诗送给一个男孩，那该是爱情来了吧。不，到时我要自己写一首诗，送给那样一个如风的男孩，那个人不能是凌远，不能是魏然，该是遥远的一个梦吧。想到这里，苏晨忘记了自己纠结的事情，怀着美好的向往拎起裙摆，在夜的温柔里欢快地舞蹈。

第四章　悲痛之夜

很长一段时间没有齐明朗和凌远的消息，苏晨感觉好像一下子失去了两个亲近的朋友。君子有成人之美，她也不好去打搅这两位。

这段时间里，苏晨开始接手案子，从办理委托手续到诉状的起草和证据的收集，工作渐入正轨，同时也手忙脚乱，不知道是不是每个律师都经历过这个过程。她出过错，被训斥过，不过这些都如掉入湖心的卵石，激起一层波纹，便沉入湖底，湖面依旧平静如初。最近自己同时接手了两个劳动争议的案子，虽然标的不是很大，法律关系也不复杂，但感觉一套流程下来仍然做不到让自己满意。苏晨在想这个问题。

晚上加班做证据清单时，苏晨收到一条明朗发来的短信："我要去法国的一所大学交换一年，过几天就要走了，明天出来见个面吧。"

苏晨看到这条短信，大吃一惊，第一反应是：凌远怎么办？一年不能见面，对他们而言意味着什么呢？

第二天，苏晨见到了明朗，感觉她明显有点憔悴，还带着淡淡的忧伤。

齐明朗是个快乐的女孩，很少见到她这么消沉。苏晨问了她出发的时间，嘱咐明朗出门在外要照顾好自己，就不知道要说些什么了。想到要分别一年，还是有点难过，替自己，也替凌远吧。

两个人就这样沉默着。然后，齐明朗抬起头看着苏晨，说："苏晨，你能不能帮我跟凌远说？我要出国的事？我还没有告诉他。"

"什么？你还没有和他说？你为什么不自己告诉他？"苏晨瞪圆了眼睛，无比疑惑。

"我不知道怎么跟他说，我这一走，说实话，留在那边工作也有可能，我……"

苏晨明白了，齐明朗是要飞的风筝，她要剪断拴住她的线，她要自由飞翔。

"明朗，不是我不愿意帮你，这件事应该你自己去说，无论怎样，你自己做出的决定，要自己去面对结果。"苏晨不假思索脱口而出。这是第一次她拒绝齐明朗的请求。虽有不忍，但她必须这样做，因为这牵扯到另外一个人。

良久，齐明朗道："好。"

齐明朗终究还是走了。苏晨不知道该不该去问问凌远的情况。那一夜，她无眠。凌晨三点钟，手机铃声响起，是凌远。

"苏晨……"凌远只说了这一句，就什么都说不出来了。苏晨感受到了这声音里的痛心。

"凌远，往前走，不要回头。割掉一块肉是会很疼，但是伤口会愈合，你会比从前更健康。会好的，会过去的，真的。"苏晨说着，眼泪都快流出来了。

"你怎么比我还先哭了？呵呵，放心吧，我没那么脆弱，只是需要点时间。这段时间忽略了朋友，现在想来，确实是不对的，只有朋友才是永恒的。"

"嗯，听你这样说，我放心很多。"

"刚上大学时，班主任问我们的理想是什么。"凌远提高了声音，声音中多了一分坚定。

"是什么？"

"我说，我的理想是，当我有一天死了，还有人记得我的成就。"

"嗯，我相信你做得到，此事过后的你，必将强大无比。"苏晨用同样坚定的声音说。

"谢谢你的鼓励，我会努力的。好了，这么晚打扰你，不好意思了，晚安。"

"晚安。"

挂了电话，苏晨迷迷糊糊地一直睡到东方发白。坐起来，呆呆地看着窗外，心里不知道是什么滋味。

穿好衣服打算出门时，苏晨接到妈妈电话，说姥姥去世了。苏晨再也抑制不住连日来的不快，坐在房间的角落里痛哭起来。虽然姥姥已经八十七岁，也没受什么病痛折磨，安然去世，可是，再也见不到她了。有什么比阴阳相隔更让人绝望的呢？

眼睛肿得如核桃。苏晨洗了把脸，不敢仔细看镜子里的自己。悲痛在心里一寸一寸地蔓延。毕淑敏在书中描述过的，失去亲人时的"锥心刺骨"，她感受得如此清晰。

事情一件接着一件。

此时，房东打来电话，说要把房子卖了，请苏晨在一个月内找好房子搬出去。苏晨脑子里乱糟糟的，只知道说"好"。

之后的每一天，苏晨以前用来看电视剧的时间，都用来看各种房屋租赁信息。看了一家又一家，不是价格太贵，就是条件不好，要么就是交通不便。她第一次感到这么孤单，这么力不从心。所有的事情堆在一起，像是要吞噬掉日渐消瘦的苏晨。她哭，她找魏然倾诉，直到感受到魏然被她折磨得手足无措时，她才发觉自己是那么自私，把朋友当成情绪的垃圾桶，让他担心，让他无奈。

人有的时候就是这样，会在某个时期被一堆事情烦扰，你一次次地觉得自己撑不下去了，一次次地想用一种极端的方式逃离，但最终，你仍然要这么熬着，熬着，直到一点点好起来，直到在反复的折磨中让心一寸寸地痊愈。这过程无比痛苦，如身处泥塘，你爬上来，又掉下去，再爬上来，再掉下去，你歇斯底里，你生不如死，你希望自己一觉睡下去，再也醒不过来。可是，你死不起，因为你隐约觉得，这世界上还有很多美好在前方；你活不下去，被阴影笼罩着，觉得没人能帮你，没人替你痛。就这样，一天一天，白昼黑夜交替，你开始尝试自救，去倾诉，去读书，去散步。就这么慢慢地，有一天你发现，你居然就这么走过来了。

有人说，过去的痛苦就是快乐。让过去的痛苦铺垫未来的快乐，是最明智的。

一个月过后，苏晨找到了新房子。新房子很宽敞，采光很好。一切安定下来，之前的伤痛一点点淡去。苏晨开始渐渐明媚起来，买漂亮的衣服，买好吃的东西。享受生命，是每个活着的人的使命。

凌远自那次通话之后便很少联系苏晨，说是在进行一个重要的科研项目。齐明朗到法国后发过一条报平安的短信，就再没有了消息。

魏然每天挂着 QQ，让苏晨时刻感受到他是在那里的，虽然不能陪她度过艰难的日子，但是至少可以随时陪她说话。

就这样，苏晨慢慢地在变好，工作状态也跟着变好。虽然还是会觉得孤独，可是她强迫自己学会接受并享受这种孤独。这是独自一人在他乡闯荡要付出的代价。

前方有什么，她看不清，可是她相信，最终，她会走到美景前。

第五章 陌生的熟人

苏晨好久没有给妈妈打过电话了，中午，妈妈打电话过来告知苏晨，已经托了亲戚的朋友的同事在苏晨所在的城市给她物色了一个男孩，据说在法院系统工作，家境算不上大富大贵，却也是小康家庭，又跟苏晨是同专业，容易沟通妈妈让苏晨好好准备一下去见见。妈妈的苦心苏晨明白，苏晨的孤独无助妈妈亦了解，因此妈妈想为她找个依靠。妈妈的考虑现实而周全，纵使苏晨不喜欢相亲这种老套的方式，也只好答应去见见。

约好的这天，苏晨没有特意修饰什么，下了班去了妈妈说的饭店。在饭店门口，苏晨倒是觉得有些开心，因为这家饭店名叫"东北人"。苏晨身为东北人，好久没尝过家乡的味道了。这家饭店的菜正宗与否不重要，能吃到家乡菜本身就是件值得开心的事呀。

走进饭店，上楼梯，身穿花衣服的服务员大吼一声："家里来客（qiě）了！"被这么一吓，苏晨的高跟鞋一下踩空，身体向后一仰，整个人失去了平衡——这下完了！后面一个人将她拦腰抱住。苏晨惊恐之余看到这个人的脸，顿时觉得脑部缺氧。此人不是别人，正是书记员李西文。两个人都非常惊讶，互相看着，一时无语，楼上楼下的服务员大喊："哎呀妈呀，英雄救美！好！"

两个人顿时惊醒，苏晨连忙抓住扶梯站起来，一边松口气，一边尴尬地说："谢谢！"

李西文有点不好意思，红着脸说："没事没事，应该的，你没摔着就好！"

接着两人又相对无言。

苏晨一个激灵，说："那好，我去见朋友了！"赶紧跑上楼。留李西文在原地呆愣着。

苏晨紧走几步，走上二楼，对一个服务员说："请问李先生订的包间是哪间？"

"我帮您看看，稍等。"

苏晨打量这个服务员，觉得他穿的衣服有点像东北人家的被面，大红的花，让人感觉十分亲切，在南方的土地上散发着格格不入的乡土气息。

"啊，小姐，是'刘老根'房。"说着，朝身后大吼一声，"刘老根家来客了！"只见其他正在忙活着的服务员站直了身体，朝着苏晨大吼一声："哎，招呼着！"苏晨没见过这阵势，恨不得找个地缝钻进去，马上对面前的男服务员说："啊，你们太客气了，带路吧！"

总算进了包间，苏晨大大地舒了口气，见过客气的，没见过这么客气的，一会儿全饭店的人都认识她了。放下包，苏晨看着包间里的画，画里有东北的土炕，上面是大花的被子，还有抽大烟袋的老太太，旁边坐着穿开裆裤的小娃娃。这一切是多么熟悉、多么亲切呀！苏晨看着看着，竟有点想家。苏晨举起杯子，正准备喝口茶，门开了，一抬头，跟进来的人四目相对，一口茶喷了出来，居然是李西文！苏晨张着嘴看着李西文，李西文也非常惊讶，站在门口有点不知所措。一两秒后，苏晨回过神，一边对李西文说："你请坐！"一边拿纸巾擦了擦手。

两个人面对面坐下来。

李西文先开了口，两眼放光："你就是苏晨？我们见过呀，上次你来找材料。当时只知道你姓苏，没想到今天在这里见面，你还记得我吗？"

苏晨谦虚地点头："当然当然，怎么会不记得呢！真没想到李先生就是你呀！"为什么一跟法院的人说话就感觉自己低人一头呢，总之语气客气得让自己反胃。

李西文一本正经地说："既然我们见过，那该不算是陌生人了。我是被我妈逼来相亲的。你也是吧？"

"啊？哦，是呀是呀，唉，父母嘛，总是瞎操心。"

"也是为我们好。不过真的没想到是你呀，今天来的时候还想呢，不知道遇到的是怎么样一个女孩，没想到遇到的是你，哈哈，真是我的荣幸啊！"李西文用更加客气的语气说，同时眯起小眼睛盯着苏晨看，看得苏晨有点发毛。苏晨心想：我也不是什么国色天香的美女，有什么好看的呀，我的神呀！小眼睛的电量也忒足了，不知道是不是看哪个女孩都这副含情脉脉的表情。

苏晨不敢再看那双小眼睛，盯着自己面前的茶杯看，用更加客气的语气说："哪里哪里，是我的荣幸才对呀。你的条件那么好，肯定可以找到更好的女孩的！"苏晨恨不得马上离开这个骨瘦如柴的"小电池"，可是理智告诉她，她不能走啊，要以后去法院办事……要不怎么跟妈妈交代……想到这些，苏晨积攒起耐心，微笑着看着李西文。

"哪里哪里！"李西文以为苏晨是矜持，更加被其谦虚的态度所打动，点菜完毕，好像已经跟苏晨非常熟悉了，开始拼命地找话题，从大学时期说到考公务员，又从刚开始工作给领导端茶倒水，说到现在可以欺负实习生去做这些工作，言语里多少透露出一点公务员的优越感。苏晨起初还认真地听，适时地赞美或微笑，可是见李西文越说越来劲，就越来越绝望，连眼前的菜都没心情吃了，心想：咱俩好像还不是很熟啊，您就不能矜持点吗……

两个小时过去了，李西文还在说，沉醉在一年后升法官的白日梦里。苏晨终于受不了了，看了下表，简短有力地结束了今天的相亲活动："对不起，我还有工作，得回去加班了，要不明天交不出成果，恐怕要挨骂了。今天就到这里吧，您看怎么样？"

李西文明显有点意犹未尽，很不情愿地说："好，那下次我约你，咱们再好好聊聊，今天确实有点晚了。我送你回家吧。"

苏晨说："不用了，我家就在附近，很快就到，你家比较远吧？早点回去休息吧！"苏晨心想，还是不要让他知道我家在哪里比较好。

"那好吧！路上小心。"李西文买单时，仔细地对了每道菜的价钱，很有成就感地要回了饭店多收的一块钱，心情更加愉悦。

二人下楼，服务员一看见他们，大吼一声："送客了！"苏晨几近崩溃，别的地方吃饭要钱，这里吃饭要命啊！有心脏病的建议不要来这里吃饭，心脏会被他们的热情击垮。

大马路上，路灯昏黄的光把李西文映衬得更加瘦小，苏晨一直在想，这么瘦小的人身体里怎么有那么强大的力量，足足说了两个小时呢！

李西文临走时，要了苏晨的电话，苏晨不好意思不给，虽然隐约觉得后患无穷，却也实在没有办法。

"再见，路上小心呀！美女！"

听到最后两个字时，苏晨差点吐出来。"好的，再见！"

终于送走了李西文，结束了今晚无比出乎意料、无比无奈的相亲活动。总结起来，见过自来熟的，没见过这么自来熟的；见过不靠谱的，没见过这么不靠谱的。看他那副弱不禁风的样子，比林妹妹还弱柳扶风啊！

苏晨感觉特别好笑，慢慢地往家走，广场上，有一大群中年妇女在跳舞。多么快乐呀，多少年后，自己是否也能这么悠闲地跳舞呢？想想都遥远，跟今晚见的这个人一样不靠谱。

带着一天的疲惫，苏晨一步一步向家的方向踱去。

晚风很凉。

第六章　巴黎的黄昏

齐明朗到法国巴黎已经一个星期了。这座她向往已久的城市，她终于在它的怀抱之中了。古老的建筑、尖顶的教堂、飞翔的白鸽，一切都比想象的还要美。很快，她忘记了出国前的一切愁绪，欢快地投入新的生活中了。

齐明朗开朗的性格使她很快结交了各种肤色的朋友，她跟他们一起大笑、逛街、跳舞，此时，她才觉得，她是真的在享受生命。在同来的这批留学生中，有个和她同样性格的男生麦小洁，在一场新生联谊舞会上，一曲华尔兹将他们变成了在异国最亲近的朋友。麦小洁让齐明朗感觉到在一群蓝眼睛金头发的人中，能说自己的母语是件多么幸福的事情。

留学生活很快乐，偶尔会想家，但因为有麦小洁的陪伴，齐明朗并没有感到远离家乡的孤独。他们在学习之余，去西班牙，去罗马，在人生最好的时节，进行了一次次畅快的旅行。他们背着大大的旅行包，带着相机，随意地走，随意地看，感受着美好的异国文化。这样的生活太过美好，而生活太美好的时候，人就容易生出担心。

麦小洁有一双很深邃很漂亮的眼睛，对齐明朗很照顾很体贴，慢慢地，她就掉进那双眼睛里了，那双比她的眼睛还要漂亮的眼睛。可是齐明朗总是隐约有些担心，觉得麦小洁的心如天上的云，让人抓不着摸不透。她顾不了那么多，她要去爱，要去疯狂地爱，即使头破血流。

齐明朗觉得他们已经心心相印了，麦小洁看着她的样子是那样温柔。齐明朗提出一年后回国，他们就结婚。每当齐明朗这样提议时，麦小洁就说以后再说。齐明朗想，也许是男生考虑得更多些，这正是有责任心的表现呀！在齐明朗眼里，麦小洁散发着光芒，是她的神。她仰望他，甚至暗自庆幸当初和凌远做了了断。

他们整天黏在一起，一起吃饭，一起上课，一起在巴黎的黄昏里散步。

齐明朗经常会看着麦小洁发呆，觉得有他在，一切都不重要了。她怠慢了学业，忽略了朋友，她的世界里就只有麦小洁了。她变得更加美丽，更加快乐，整个人像绽放的娇艳花朵，盛开在巴黎蔚蓝的天空下。

只是渐渐地，麦小洁没有以前那么关注齐明朗了。她有过疑惑，但仍然找各种理由为他开脱，她计划着两个人美好的未来，她卑微到在自己的世界里看不到自己，只能看到他。

阳光下的泡沫闪烁着五彩的光芒，很美丽，但风一来，就不知道被吹到了哪里。

第七章　破碎的泡沫

直到登上回国的飞机，齐明朗还在做着和麦小洁花好月圆的美梦，觉得如此花样美男，自然十分愉悦，出国一趟，增长了见识，还收获了爱情，人生还有什么比这更幸福呢？

直到下了飞机，麦小洁的一条短信让她从梦中惊醒。他说，他只不过是为了让留学生活不那么寂寞，才和她走得那么近，现在一切结束，他要回到自己的生活中去了。

齐明朗出了飞机场，眼泪大滴大滴地落下，头脑一片空白，有如万箭穿心。她不知道该怎么办，慌乱之下，她打给了凌远，她的脑袋里只能想得起这个名字。她忘了她曾经怎样狠心地离开他，伤害他，还有，他根本不在这座城市。

"喂？"凌远的声音冷静而稍带惊异。

听到他冷峻的声音，齐明朗再次大哭，无法说出一句完整的话。

"你在哪里？你怎么了，出什么事了？怎么一直在哭？说话啊！"凌远焦急地问。

"我、我在飞机场，我回国了。"说完这句话，她再也说不出一句话，只是一直在哭。天堂到地狱的距离如此近，前一秒还在做梦，下一秒梦就醒了，叫她情何以堪？

"你站着不要动，我找苏晨来接你，不要动啊，记住了！"凌远挂断了电话，齐明朗还在哭。飞机场人来人往，人们不解地看着她，没有一个人来问问这个漂亮的女孩为何哭得这么狼狈和伤心。

两分钟后，电话响起，是苏晨。

"明朗啊，回来怎么不告诉我一声，你怎么了？"

再次听到苏晨温暖的声音，齐明朗强忍住泪水："苏晨，我不知道该怎么办，我该怎么办啊？"

苏晨一听，知道这么问也不是办法，她说："你待在出口不要动，我现在就打车过来接你，好吗？有什么事我们回来再说，不管怎么样，还有我陪着你呢，知道吗？"齐明朗已经什么都说不出来了，哭得嗓音沙哑。

苏晨请了假，拦了辆出租车直奔机场。

她看见齐明朗时，齐明朗蹲在地上已接近虚脱。苏晨把她带回自己租的房子，听她诉说一切，听她一遍又一遍地问为什么。听着她撕心裂肺的哭喊，苏晨很难受，她不知道怎么帮齐明朗，只能抱着齐明朗不停地安慰她，然后陪她一起哭，也不知道什么时候睡着的。

第二天一大早，有人按门铃，苏晨起身，推门看见凌远在门外，满脸风尘。凌远焦急地问苏晨："明朗怎么样了？"苏晨说："睡了，你去看看她吧。"凌远走进去，看见明朗脸上的泪痕，转身潜然泪下。

凌远推掉了一个新项目，过来陪着明朗，给她做饭，看她哭，听她不停地问为什么，拉着她出门散步。曾经他和她一样伤心，可是他居然全然忘记了伤痛，又冒险来到她的身边。苏晨下班就回家照顾明朗。她买了很多书给明朗看，咒骂那个抛弃、欺骗明朗的人，苏晨要陪她最好的朋友，走过生命的沼泽，在她要陷进去时，把她拉上来。

短短几天时间，明朗瘦了一大圈。

凌远好几次想说，让我来照顾你。但是他知道，明朗现在承受不了这么多，他要等她自然痊愈。

一天一天，凌远和苏晨用尽全力将绝望的明朗拉回，他们自己同样也受着折磨，凌远是，苏晨也是。

苏晨看着凌远看明朗的眼神，终于彻底死心。不属于她的，终究不属于她。

第八章　雨袭珠海

齐明朗一点一点地恢复着，虽然她常常还会吃着饭，眼泪就掉下来，但是，她开始以积极的方式去对抗悲伤了。

她会在深夜去公园疯狂地跑步，去书店看一整天佛经和心理学方面的书，逼自己咽下食物。一个月的时间，她就这样白天黑夜地熬着。她认真地想过自杀，她第一次很认真地去想这件事。想了一千遍、一万遍，她仍然放不下家中的父母，他们只有她这一个孩子，她怎么能制造这样的悲剧让他们承受？有什么比养育之恩更重要？既然不能死，那就得活着。锥心刺骨的伤痛，她得去化解。

一个月的时间里，齐明朗迅速地瘦了一圈，整个人恍惚、崩溃、绝望，让人看了都心疼得想掉泪。凌远和苏晨只好在她崩溃时劝解她，安慰她。

苏晨的心情非常不好，她替齐明朗担心。虽然齐明朗向她保证，绝不会自杀，可是看她这样整个人都处于极度的绝望和痛苦之中，苏晨感到前所未有的难受。好的朋友，是能陪你一起笑、也能陪你一起哭的人，而不是觉得你哭很难看、想着快点逃离这片乌云的人。锦上添花易，雪中送炭难。

　　这天早上苏晨来到所里，感觉有点晕晕的，放下包去洗个脸，望向镜子，看见里面是一个憔悴不堪的人。这些日子，她白天要上班，晚上回家要照顾齐明朗，上班时还会担心家里的齐明朗怎么样了，她确实太劳累了，以至于都没时间关心自己了。这让她的精神状态也很不好，好几次在文书中出现了低级错误，主任表面上没说什么，可是苏晨已经察觉到了他的不满。看着镜中的自己，她忽然特别想大哭一场，为明朗，为自己，为凌远。她突然发现，他们每个人都没有过上自己想要的生活，都在不停地挣扎，却总也抓不到幸福。这种无能为力的感觉像空气一般，无时无刻不围绕着她。

　　眼角有泪，苏晨迅速地调整了呼吸，对自己说："我不哭，我不哭，我不哭。"她整理了下头发，仍然感到眼泪要奔涌而出，跑到阳台，她拨通了魏然的电话。

　　"喂！"电话那边魏然的声音带着一丝惊喜。

　　"魏然，我在哭，你讲个笑话给我听吧！"苏晨努力地想让声音轻快起来，她的声音却仍然是沙哑的。

　　"啊，你怎么哭了呀？出什么事了？"

　　苏晨很想把发生的一切告诉他，可是她答应了齐明朗不对别人说起这件事，她不能食言。

　　"我不能说。我现在很难受，你陪我说说话吧。"

　　"好好好，我陪你，你不要哭了。我跟你讲个我小学时的事情吧。小学时，我同桌是个特别彪悍的女生，她总欺负我，抢我的东西。有一次上课，老师让我们用'特别'造句，我第一个举手，站起来说：'我的同桌特别烦人！'结果全班同学都笑得前仰后合，我同桌用愤怒的目光看着我。下课后，她追着我暴打：'小样，居然敢说我烦人，那我就把你打成残废！'哈哈哈！"

苏晨听了也被逗笑了。

"怎么样，心情好多了吧，我的大小姐？"

"嗯，好多了。"苏晨擦擦眼泪，舒了口气，"那我回去上班了。"

"嗯，回去吧，要是难受就给我打电话，或者发短信，我刚好今天不忙，记住了！"

"嗯，知道了，你上班吧！"

苏晨回到办公室，打开电脑，习惯性地先看一下邮箱。里面有封李西文的邮件，苏晨的心立即提了起来，想起了那双会放电的小眼睛。她颤抖着点开那封邮件，题目是《献给苏晨小姐》，正文如下：

　　　我寻寻觅觅，终于在人群之中发现了一朵奇葩，

　　　她如烟淡然，如风自在，

　　　飘啊飘，

　　　飘啊飘。

　　　飘到我的眼前，

　　　我多么的开心。

　　　啊！

　　　我多想把你摘下，

插到我家的花瓶里，

每日看着你，

给你浇水，

给你关爱，

让你越来越美丽！

P.S.：本人才疏学浅，让苏小姐见笑了，若今晚下班有空，星语酒吧见，七点，不见不散哦！

看完这首诗，苏晨真想吐：奇葩怎么会飘呢，长翅膀了？写出这么乱七八糟的诗的人才是奇葩啊！她果断地回复："对不起，我已和朋友约了，改天吧！"

想想，这个李西文也挺可爱的，然而这写诗的水平确实有待提高。这么想着，苏晨的心情好了很多，开始全神贯注地写起答辩状来。

窗外下起了大雨，台风来了。

第九章　轻叩心门

上午十点，齐明朗站在窗前，望着窗外不远处的几棵木棉树，树上有大大的红色花朵，红得如鲜血一般。她的直发披下来，长至腰际，如同一条倾泻下来的瀑布。她脸上没有任何表情。她浑身冰冷，用手抱着肩膀。

凌远开门进来，小心翼翼地端着一碗汤，用近乎乞求的口吻说："明朗，喝口汤吧，你好几天没有好好吃饭，这样身体是受不了的。"

齐明朗没有反应。

凌远将熬了很久的骨头汤放在桌子上，站在明朗的身后，看着那黑色的直发被风一点点吹乱。

明朗回过头，看着凌远。凌远从那双眼睛里看见的是一个受伤的灵魂。

我们信任别人，我们因信任而受伤，这就是风险。当风险化作利器，刺痛灵魂深处最柔软的地方时，再坚固的身体大厦也会在瞬间轰然倒塌。心是什么做的？是血！是肉！一刀下去，连着筋的血肉会痛。

明朗坐下来，端起碗，一口一口地咽。

一碗汤喝完，明朗的脸微微泛红，有了些许生命的颜色。

"凌远，能给我唱首歌吗？"齐明朗抬头看着凌远，平静地说。

凌远有点发愣，随即连忙说："好！"这是一个多星期以来，明朗第一次用这么平静的语气和他说话。

凌远去客厅拿了苏晨的吉他，一边弹一边唱起了*Way back into love*。

凌远用心地唱着，这是他最爱的歌，他想唱给明朗听已经很久很久了，在明朗还是那个欢快、爱说爱笑、充满活力的姑娘的时候，他就想唱给她听。

明朗的泪流出来滴在手上，她没有一点哽咽，没有发出一点声音，这无声的眼泪让凌远心疼得几乎要发疯。

一曲终了，明朗深深地吸了口气，长长的睫毛都湿润了。凌远从包里拿出纸巾仔细地给她擦脸上和手上的眼泪，他不知此刻明朗在想什么，他也不清楚自己在想什么。两个二十几岁的人，能承受多少悲伤，又会被多少悲伤浸湿？他不知道。

"凌远，你唱得真好听。"明朗开口。

"如果你想听，我可以唱给你听，随时随地。"凌远的目光里充满宠爱和心疼，他此刻多想抱抱明朗，温暖她冰冷的肩膀。

"我想去厦门的亲戚家住一段时间。"明朗收回目光，平淡地说。她怎么可能看不懂他的目光。可是她很累，她需要一段时间放空自己。

凌远有点吃惊，他刚刚可以陪着她，她却又要离开了。但是凌远觉得，明朗的选择是对的，她需要时间去抚平伤口。

"好，如果你想去就去吧，我听说那里的海很蓝，你要多穿衣服，海风会很凉。"

"嗯。"本来明朗想说声谢谢，可是她什么都说不出来，仿佛再多说一个字，又会流出泪来。她停了很久，积攒了足够的力气才说："下午送我去飞机场吧。"

"你一个人去我不放心，我把你送到你亲戚家，我再回来。这件事听我的。"凌远第一次用不容置疑的语气跟明朗说话。

"嗯。"明朗点头。

东西收拾得差不多了，明朗发了条短信给苏晨："我去厦门了，过段时间，还你一个新的明朗。"

苏晨接到这条短信的时候，大吃一惊，她不放心明朗这种状态下离开，请了假打车回家。

推门进去，看到一个旅行箱和沙发上沉默坐着的齐明朗和凌远。

苏晨走过去，坐在明朗身边，握着她冰冷的手，说："明朗，真的决定去厦门了吗？"

明朗将头埋在苏晨的怀里，一会儿抬起头，说："嗯，我想过去待段时间。苏晨，我从小到大都太顺了，所以才会如此不堪一击。现在我需要重新审视我自己，思考我生存的意义。我需要重拾生活的信心。我还会回来的，会遵守自己的诺言，还你一个新的明朗。我会想你，还有凌远的。"说完，又把头埋进苏晨怀里。

"好，我等你回来。记得一定要好好照顾自己。记住，没有谁值得你这么折腾自己。你一定会好起来，笑靥如花地回到我面前，那才是我的明朗！"苏晨抱着明朗，轻轻拍着她的后背，像一位母亲一样。她是这样疼着明朗，像疼自己的孩子一般。

　　看着飞机在天空里划出一道美丽的弧线，苏晨生命中两个重要的人又一次离开了她。她感到有点空，孤独又一次将她包围。学会承受孤独是一辈子的修行。

第十章　风从哪里吹来

李西文一如既往地给苏晨发邮件，邮件里充满了各种奇特的诗句，令苏晨在哭笑不得之余不得不佩服这个南方男孩的执着。渐渐地也不那么讨厌他了。

这天苏晨去法院立案，正在担心会不会撞上李西文时，李西文就不知道从什么地方冒了出来，站在苏晨身后也不出声。待苏晨交完材料一转身，就看到一张向日葵般的小圆脸，上面一双眯着的小眼睛，依旧电量十足。

"我的妈呀！"苏晨来不及反应，脱口而出，马上引来周围群众的目光。为了避免被淹没在大家好奇的目光之中，她赶紧说："哦，是你呀！我还有事，先走了！"一般罪犯才害怕进法院，现在苏晨觉得自己比罪犯还害怕进法院，害怕被李西文电晕。

李西文眼见苏晨跑出门去，随即追了出去。苏晨此刻真希望自己是刘翔，无奈脚下的高跟鞋十分不给力，关键时刻鞋跟断了，这下是想跑也跑不了了。

李西文追过来惊呼："哇，苏律师，你鞋跟断了？现在东西质量也太差了，居然断了。不过我还是十分感谢它在这个时候断了，给了我一个帮助你的机会呀！"说完上来扶苏晨。苏晨马上推开那双手，说："我没事，我还可以走，谢谢了！"

"我开车送你去商场买双鞋吧，你这样怎么去上班呀。"

"我所里还有一双鞋，没事，我打车回去就好了，你回去工作吧！"

此时，刚好一辆出租车停在了苏晨身旁，苏晨像抓住救命稻草般立马钻了进去，同时大吼一声："司机，幸福路！"出租车像炮弹一样射了出去，通过后视镜，苏晨看见李西文还保持原来的姿势站在原地，变得越来越小。

"司机师傅，您这车开得好像火箭发射呀！"

"姑娘，我这是为了配合你啊，看得出来你想快点摆脱刚才那个人嘛。"

苏晨大笑，连说师傅的洞察力太强了。靠在车窗边，苏晨望着外面灿烂的阳光，蓝蓝的天空，葱郁的大山，觉得一切还是很美好。

回到所里，苏晨换上一双平底鞋，让奔走了一上午的脚好好歇歇，倒了杯菊花茶，菊花的香味飘了出来，汗水也一点点被冷气吹干，整个人舒服了很多。大夏天的在外面奔波，真是疲惫至极。

接到魏然短信，问苏晨最近怎样，心情好不好。苏晨觉得很温暖，回复说好很多了。手机短信铃声再次响起，苏晨以为又是魏然，结果映入眼帘的竟是李西文的名字："苏晨小姐，这周六下午四点有空吗？城南新开了家四川菜馆，能否赏脸一起去吃？"

苏晨这下真的有点烦了。这个李西文上班时间不好好上班，还这么闲。转念又一想，这么下去不是个办法，突然心生一计。

周六下午，苏晨穿着白色 T 恤和一条蓝色过膝裙子，踩着人字拖，随便地扎了一条马尾，这是她感觉最舒服的装扮，挽着一个高大帅气的男生的胳膊出现在四川菜馆里。李西文正摆弄着刚买的减价的玫瑰花，他今天特意穿的西装，不知是为了表示对三十五度高温的不屑，还是为了整个造型的完整性，居然还打了领带，头发不知道抹了什么，油光锃亮。这架势，不知道的还以为是逃跑的新郎呢。

李西文正四处张望的时候，看到了苏晨和她挽着的那个身高一米八、浓眉大眼的男生。苏晨看到李西文的脸都要变形了，笑容僵在玫瑰花丛中。趁着他鼻子还没歪，苏晨马上介绍："李先生，你好，这是我男朋友魏然。他听说你是我朋友，想认识下你，我就带他一起来了，不介意吧？"

苏晨说完故作亲昵地看着魏然，魏然会意，一本正经地伸出手："李先生，听苏晨说，您对她很照顾，我十分感谢您，今天我们一定好好聊聊！"

说完拉着苏晨坐下，开始点菜。李西文很无奈，他看着魁梧的魏然，顿感自己像一头壮牛旁边的一根狗尾巴草，苏晨则小鸟依人地依偎在魏然身边。那顿饭，可怜的李西文被魏然灌了两小杯白酒就钻到桌子底下，不省人事了。魏然内心疯狂鄙视李西文，心想：还有酒量如此小的男生？这样的男生还敢追他的苏晨？

"怎么样，苏姐姐，这个结果还满意吗？"魏然看苏晨都要笑到桌子底下了，邀功似的问。

"满意满意，估计他以后不敢找我了，哈哈哈！"

"现在怎么办？他睡着了，我们把他扔哪儿呀？"

"就两小杯，估计他睡一两个小时就醒了，我们撤吧。"

"苏晨，没看出来呀，你也够坏的，把人家喝倒下了，你就跑了。"

"不就是两杯白酒嘛，我喝过都没事，谁让他酒量太差了！"

两个人付过钱，一路唱着歌，苏晨觉得这个周末好开心呀，不知道是因为整人而快乐呢，还是因为魏然的陪伴而快乐呢？或者就只是因为今天这身最舒服的装扮而快乐呢？

苏晨是个很容易满足的人，她可以因为今天最舒服的衣服而开心，可以因为听了一首好听的歌而快乐。简单而随意，心里有什么就会说出来，没有什么心机。跟她在一起，不必去费心琢磨她在想什么。

魏然喜欢苏晨现在这个样子，没有忧愁，快乐而明媚。下午四点半的阳光下，她不施粉黛的脸上有几颗青春痘，有点凌乱的长发，蓬松的齐刘海，无框眼镜下清澈的眼睛笑意盈盈。魏然觉得眼前这景象真美好，像油画一般祥和。

魏然突然温柔地叫了一声："苏晨。"

"嗯？什么？"苏晨好奇地问。

"你可不可以考虑下……那个什么……"

"哪个什么？"

"我们、我们……"

"我们什么啊？"

"我们明天去哪里玩？"魏然的样子好像狠狠地吸了一口

烟，然后吐出一个轻飘飘的烟圈。

"去哪里玩呀……去海岛吧，我带你去海岛玩。"

"哦，好啊，海岛好啊，四周都是大海，大海里面都是水。"魏然好像有点低落。

"怎么了你，怎么开始说胡话了呢？海里面不是水，难道是大米啊！你不是也喝多了吧？哈哈哈！"

"嗯，可能是。"说完，魏然故意装着要瘫倒的样子，去拉苏晨说，"不行了，我要倒了！"

苏晨快跑几步，说："那你倒吧，小心在马路上被轧成大饼，哈哈哈！"

"没良心啊没良心，刚才是谁牺牲色相冒充你男友的，过河就拆桥，真是的！没天理啊没天理！"魏然做捶胸顿足状。

苏晨笑得更开心了，一阵风吹过，笑声满天飞。

魏然轻轻地在心里说：苏晨，我想说的，你真的不知道吗？

下午的空气很好，阳光很好，映得人脸上红红的，气色很好，空气里又飘满了杧果酸甜的气息。时间过得真快，一年前，魏然还是那个十分苗条的男孩，一年的锻炼，已经练得如此强壮，就为了能有更多的力量保护眼前这个叫他"苏拉"的瘦弱女孩。

"魏然，你说，风是从哪里吹来的？吹向哪里？"苏晨望着路边碧绿的湖水问。

"风从自然界吹来，吹向湖心。"魏然望着苏晨的背影，轻轻地说道。

第十一章　不再重来的雨季

厦门是座很美的城市。

长长的环岛路，围抱着望不到边际的蓝色大海。厦门的海水很清，海滩很干净。凌远送齐明朗到她的姑妈家，那个离海很近的有白色屋顶的别墅。齐明朗一到就去睡了，连日来的奔波、不安、失眠抽干了她虚弱的身体。她睡得那样沉，像很久没睡过觉一样。凌远离开时，齐明朗还没醒。凌远拿出台湾作家三毛的一本书轻轻放在桌子上，书的封面上，三毛披散着长发，露出粲然的笑。他希望齐明朗能像这朵沙漠之花一样，坚强地走出这个雨季。

齐明朗睡到第二天傍晚才醒来，她居然睡了这么久。发现桌子上的书她才想起来，凌远已经走了。她一直关在自己的世界里，都没有顾得上凌远，这个她曾经喜欢过，也深深伤害过的人。悲伤是可以覆盖的吧？就像雪地里的脚印，再下一场更大的雪，原来的脚印就不见了。

姑姑很细心地照料齐明朗的起居。每天做各种好吃的给她，她由每次只吃一两口，到渐渐可以吃得更多。其余的时间，她就带着凌远留给她的书，去海边散步，走累了，就在环岛路的椅子上坐下来看书。读到有趣的地方，她笑了，这是她这么多天以来第一次笑，她惊异地发现，自己还有笑的能力。那么她就还有快乐的能力啊！

凌远没有马上回学校，而是去了苏晨的单位。

两个人坐在星语酒吧里，谈着明朗。凌远知道，苏晨有很多疑问，这些日子，他都没有时间和精力坐下来好好地跟苏晨说说话。

"我本来已经死心了。可是看到明朗现在的样子，我才知道，我一直都没有死心，我只是把爱埋在了心底。我是曾经怨过她，怨她出国就抛弃了我。你知道我一直都是个做事不喜欢拖泥带水的人。可是现在，看到她这样，我再也没有办法抑制自己的感情。所以，我决定，再争取一次，不论成功失败，我都没有遗憾了。"

苏晨早就预料到凌远会说这些话。

"嗯。"除此之外，她不知道还能说些什么，说她一直都爱凌远吗？那样，她只会失去凌远这个朋友。此刻，她还是有点伤心的。凌远没看出来，依然在说着明朗的事情。苏晨起身去洗手间，把戒指摘下来，放在水池边，捧起水拍在脸上，她需要好好地清醒一下，她需要保持最恰当的态度和表情去面对凌远。昨晚因为一个临时的案子加班到凌晨一点，此刻她头还有点晕。

走出洗手间，苏晨深吸一口气。再次坐到凌远的面前，她确实清醒了许多。

"凌远，我希望明朗能快点好起来，也希望你们重新在一起。明朗很单纯，是个很好的女孩。不管怎样，我祝福你们。"

有了苏晨的支持，凌远的表情更加坚定了。他默默地祈祷：厦门的海风可以吹走明朗不快乐的回忆，让她重新如星辰般闪耀。

第十二章　血泊中的女孩

　　苏晨和凌远走出酒吧，沿着马路慢慢地走，两个人都不说话，各自想着心事。突然，苏晨发现自己左手中指的戒指不见了，仔细地想，才想起在洗脸时落在酒吧洗手间外面的公共洗手池了。第一反应是，会不会被别人拿走了？凌远见苏晨的神情不对，马上问："怎么了？""刚才在酒吧洗脸的时候，我把戒指摘下来放在洗手池旁边忘了拿了！就是有颗红色锆石的那枚戒指！""别急，你在这里等我，我去帮你看看还在不在！"凌远小跑着返回了酒吧。过了十分钟，还不见凌远从酒吧出来，苏晨等得着急了，快步返回酒吧，只见酒吧里秩序混乱，大家都朝着洗手间的方向指指点点，有的在喊报警，有的发出惊恐的叫声。苏晨的职业敏感性告诉她，出事了。她冲破层层的人墙，终于挤到了最前面，眼前的景象触目惊心：一个女孩倒在血泊之中，手腕处有条长长的口子，血糊糊的。凌远瘫倒在旁边，手里捏着一枚镶有红色锆石的戒指，脸色惨白，牙齿打战，额头上渗出大滴大滴的汗珠，眼睛直直地盯着地上的女孩。凌远的身边站着两个保安，一边维持秩序，一边按住凌远。

苏晨愣住了，大脑短暂的空白之后，她拿出手机拨打了110报警，然后对着人群大喊："大家不要慌，保护好现场。经理，把酒吧的门关上，在场的人一个都不要放走！"她这么一喊，人们好像想起了什么，都往外冲，像刚放出栏的野牛一般，根本拦不住。桌椅绊倒、杯盘摔碎的声音混着人群的脚步声、尖叫声一时间充斥了整个酒吧。

苏晨顾不上这些，她踉跄地来到凌远身旁。看得出来凌远处于极度的惊慌和恐惧之中，以至于浑身僵硬，无法动弹。

"凌远，发生什么事情了？这女孩怎么回事啊？"

"我不知道，我什么都不知道啊！她、她身边放着你的戒指，还在不停地流血。人不是我杀的啊，我没有杀人，我真的没有杀人！苏晨，你相信我！"凌远几近疯狂，他不停地摇着头，向苏晨喊着。

苏晨看着眼前这一幕，思维也很混乱，但是她相信，凌远是不会杀人的，只是，凌远现在被吓蒙了，已经无法清楚地描述当时的场景了。"不要怕，凌远，我相信你，我相信这件事与你无关。你仔细回忆下，把事情讲得再仔细些！"

这时候，外面有警车鸣笛的声音。警察进来后，看见的是一片狼藉的酒吧。酒吧里的客人已经跑得差不多了，只有比较好事的人还在。酒吧外面倒是围了里三层外三层的不明真相的群众。警察迅速控制了现场，法医仔细地查看了女孩的呼吸、心跳后，宣布女孩由于失血过多，已死亡。

拍照、制作现场勘查笔录过后，凌远、苏晨、酒吧经理及在场人员都被带回派出所问话。

苏晨被问了几个问题后，就被放了出来，她在派出所外面焦急地等待凌远。一小时后，看着一起来的人一个接一个走了出来，还是不见凌远。她真的着急了，找到刚才询问她的一个民警问："请问，凌远为什么还没出来？"

"凌远，就是手里拿着戒指的那个男孩吗？"

"对，对，就是他，他是我同学。请问他什么时候才能出来？"

"他于本案有重大嫌疑，要暂时留下接受进一步调查。"

"啊？什么？犯罪嫌疑人？！你们一定搞错了，他只是回去帮我找戒指！"

"案件还在调查当中，你回去等消息吧。"

苏晨惊讶地喊出了声，感觉两腿发软，险些跌倒。没想到，回去拿一个戒指，会给凌远带来如此厄运！是她害了他啊！否则现在被关在派出所的应该是她啊！

怎么办？怎么办？怎么办？

苏晨强迫自己冷静下来。她把这件事告诉了魏然，魏然说马上赶过来。苏晨很想把这件事告诉齐明朗，可是不知道该不该跟她说，说了会不会影响她的状态？明朗现在自顾不暇，能不能有力气再承受这个打击？

思来想去，苏晨还是没有把这件事告诉齐明朗，她想等凌远平安出来了，再告诉齐明朗。

苏晨跟所里的前辈说明了这件事，大家都十分关心，提出各种建议。就目前情况来看，要见凌远，也只能等第一次讯问之后才能以律师的身份会见了，这样，要有凌远亲属的授权委托书，委托苏晨代理这个案件才行。想到这儿，问题变复杂了，因为凌远的父母都在国外，谁来给她写这个授权委托书啊？

想到这里，苏晨像泄了气的皮球，整个人都瘪了。

第十三章　派出所里的恐惧

凌远坐在审讯室里，对面是两个警察。

"请你仔细地描述下当时的场景。"

"我同学的戒指落在酒吧的公共洗手池了。我回来帮她找戒指时，就发现一个女孩坐在地上，头向里靠着墙。我以为她喝醉了，就用手拍了她一下，她没有反应；我以为她喝醉睡着了，就想把她扶起来，可是……可是我去挽她的胳膊时，她突然就倒在地上了，一只手腕上全是血啊！身边有一枚红色锆石的戒指，那枚戒指是我同学的。我把戒指捡起来，保安就过来按住我，不让我走，我真的不知道怎么回事啊！"

凌远比之前冷静了不少，他清楚自己没有杀人，自己是无辜的，他要把事情说清楚，他要离开这个鬼地方啊，他一刻都不要待下去了！从小到大，他都是父母的骄傲，品学兼优的好孩子，他从来没想过会出现现在这个场景，他会坐在派出所的审讯室里，被警察审问。

两个警察又问了几个问题，相互低声说了些什么，然后将提审笔录交给凌远签字。由于紧张，他几乎不能平静下来看那上面密密麻麻的有些潦草的字迹。

"看仔细点，看好了签个字。"

恍恍惚惚签了字后，凌远被带回了留置室。铁门在他身后重重关上的那一刻，他的心也被重重地敲击了。

他感到一阵阵的孤独无助和无边的绝望落魄。

"我要什么时候才能离开这个该死的地方啊！"凌远的眼圈开始红了。

第十四章　杀人的瑞士军刀

　　事发突然，苏晨想起凌远有个做初中老师的表姑就在本市，她见过一次，赶紧带上授权书和所里的会见信去找这个表姑。表姑见到突然闯进来的苏晨，戴上老花镜慈祥地问："孩子，你是凌远的同学吧？找我有事情吗？"苏晨急得都快哭了，迅速把事情说了一遍，表姑听了之后意识到问题的严重性，二话不说，连忙签了字，嘱咐苏晨，遇事不要乱，她相信警察会调查清楚事情原委的。苏晨连忙说是，拿了授权书朝看守所飞奔，路上联系了所里已经拿到执业证的一个助理一起去，因为实习律师不能单独办案。

　　去见凌远时，苏晨的心情很复杂：一方面马上就要见到凌远，她要安慰、鼓励他；另一方面，她觉得这件事因自己而起，如果当时，她没有叫凌远回去找那枚戒指，凌远今天也不会被卷入这样一起案件当中，他会好好待在学校，研究他的项目。而且，这案件是不是复杂，复杂到什么程度，她一点把握都没有，可偏偏这个必须救出来的人又是凌远，她没有退路，她只能成功，不能失败。想到这些，苏晨觉得脑袋都快炸了。

到了会见室，一夜不见，凌远就憔悴了许多，脸色苍白了，胡楂也长出来了，苏晨从来没有见过这么憔悴的凌远，她忍不住想落泪。在她的眼里，凌远总是那个健康、阳光、上进的男孩，不应该这么憔悴崩溃。

凌远看到苏晨，眼神里充满了委屈和期待，还有冷静和坚毅。

"凌远，你……还好吗？"

"我挺好的，你放心。首先，你不要内疚，这件事不怨你，是个意外，所以你不要感到歉疚。其次，我没有杀人，我相信警方的侦查能力，我会没事的。最后，苏晨，你是律师，调查取证方便些，我相信你的那枚戒指并不是那个女孩割腕的工具，那枚戒指太小了，根本没法割出那么深的伤口，所以那个伤口一定是被别的东西割的，你要努力地找到证据，查清这个事实！这样才能证明我无罪！"

苏晨用心仔细地记下了凌远的话，又让凌远把当时的情况讲了一遍，临走前，她对凌远说："凌远，用不了多久，我一定会找到证明你清白的证据，请你相信我。你在里面，要小心照顾自己。"

"你放心吧，我会的！"凌远信任的目光令苏晨更加地坚信，自己可以找到证据，可以还他清白。如果连自己的同学都救不了，她干脆不要做律师了！

在跟警察进行沟通时，警察承认没有充足的证据证明人是凌远杀的，戒指也已送去化验。但化验的结果要三天后才能出来。

化验的结果一出来，可能对凌远有利，也可能不利。因此，苏晨要尽快找到其他证明凌远无罪的证据。于是她又去了星语酒吧，要求经理调出当晚的录像。

由于酒吧出了人命，生意没有以前好，经理也是一肚子的怒火，不知道向谁发泄，苏晨一来，正好撞在枪口上了。

"我说你们怎么回事，还让不让我做生意！不是都调查过了吗，怎么又来调查？是不是要调查到我们酒吧关门你们才满意啊？！"

苏晨耐心听他说完，说："经理，你的心情我可以理解，但是您是否配合关系到一个无辜的人的清白！希望您体谅一下。"

经理想了想，无奈地同意了，毕竟事关一场命案，谁都担待不起。

"过来吧，我给你看。不过那晚监控录像机有点问题，画面很不清晰，洗手池那个位置刚好在摄像头正下方，是摄像头的盲区，所以是看不见当天事情发生的经过的。"苏晨反复观看了监控视频，确实看不到洗手池位置发生了什么。难道就不能找到证据了？

她总觉得好像遗漏了什么。

于是，她要求看事发当天酒吧全部位置的录像。

果然，所有画面上基本都看不到事发当天洗手池旁边发生了什么。只能看到酒吧大厅里慌乱的人群，由于灯光太暗，连大厅里的场景也几乎看不清。突然，苏晨看到大厅角落一男子从画面中消失，由于他戴的手表表盘很亮，因此可以从表盘的移动判断出他是去洗手池的位置，几秒后他又重新回到画面中，接着他迅速离开了酒吧。这个时间刚好是案发的时间。

"重新播一遍！"

苏晨反复地看了五遍，她觉得这个男子很可疑，在周围的人都在向前拥挤看究竟发生了什么时，他居然离开了。这个人会不会跟被杀的女孩有关呢？

"经理，你认得出这个男的吗？"

"哦，这个人啊，我认得，他经常来的。对了，就是和死掉的那个女孩！他们经常来我这里，所以我很熟悉他们两个。那晚他们好像还吵架了，我还劝了两句呢……苏律师，你是说他跟那女孩的死有关？"

"我只是怀疑。经理，这个线索很重要，我需要带你去派出所说明，也许是破案的关键！"

派出所很快找到了那名男子。他承认与死者生前吵过架，但是他以为那个女孩走了，就随后去了次洗手间离开了，更没有在洗手池的位置看到那个女孩，因此并不知道后面的事情。

这个时候，化验结果出来了。

结果出乎意料：首先，伤口是利器划破的，是匕首一类刀具。但同时，戒指上检测出了死者的皮肤组织。所以推测是先用戒指割腕，发现无法达到目的，所以用锋利的刀具划破了动脉，最终失血过多致死。其次，尸体上没有打斗痕迹，所以，自杀可能性大一些。

当时没有在犯罪现场发现刀，所以，找到那把刀成了破案关键。

苏晨建议警方搜查那名男子的住处，但什么都没有发现。是啊，谁作案后都不会还留着凶器。

经理又一次提供了重要线索：那名男子有一个钥匙串，上面有一把小小的瑞士军刀，由于很漂亮，还特意拿出来跟经理炫耀过。

警方再次审讯了那名男子。

终于，那名男子承认，割破女孩手腕的是他的那把小瑞士军刀。

"当晚，我们吵架，她哭了很久，我以为她去洗手池洗脸，就没在意，也没发现她把我放在桌子上的小刀拿走了。没想到我过去时，发现她用我的刀割破了手腕，流了很多血，她当时倒在洗手间最深的角落里，一开始没有人发现，后来我想叫救护车的，但是这时过来一个男孩，我怕他以为是我干的，就赶紧拿着小刀跑了，上面有我的指纹，我怕警察说是我做的啊！所以一直不敢出来说明真相，我真的不是故意要害那个男孩的！我现在心里非常难受，如果不是因为我跟她吵架，她也不会想不开割腕自杀！"

说完，男子奔溃大哭，泣不成声。

这样重重疑点就被解开了。

公共场合，若是有人行凶，一定会引来其他人的关注，因此，真相就是男子所说，女孩是自杀，男子怕被误解，拿走了小刀，造成了凌远行凶的假象。案件告破，凌远被释放。

这短短的时间内，凌远仿佛经历了从天堂到地狱再到天堂的一次轮回。

被放出来的那一天，他看到苏晨站在派出所的门口，旁边站着的是他朝思暮想、无限牵挂的人——齐明朗。

第十五章　眯着眼的佛祖

凌远傻傻地望着齐明朗，眼泪大滴大滴地落下。男儿有泪不轻弹，此刻，奔涌而出的不是泪，是溢出的久违的幸福。凌远被这突如其来的幸福弄得有些无措，他就这样静静地站着，呆呆地望着对面的明朗。

齐明朗痛惜地望着凌远，她看着这个曾经那样阳光和坚毅的凌远，几天的时间他竟变成这番模样：头发长了，胡子没刮，看起来又憔悴又疲惫。唯一没有变的，是看她的眼神，那爱她的眼神。

这一切，苏晨都看在眼里。

风把三个人的头发吹得很乱很乱，齐明朗奔向凌远，抱住他——这个为她心碎，为她心痛的男孩。凌远缓缓地抬起手臂，紧紧地将齐明朗揽在怀中，好像一松手，她就会飘走。风很大，每个人都睁不开眼睛。

苏晨走了。风把她的刘海吹乱，挡住了眼睛，没人看到她脸上的表情，她走得很稳，很从容。

日子又恢复了平静。

上班，下班，开庭。一次师兄提议由苏晨在庭审上发言，只是当法官一问话，准备得很好的苏晨大脑"嗡"的一声，一片空白。她使劲地对自己说："不紧张，不紧张，不紧张……"结果还是紧张得手心冒汗，什么都说不出来。师兄见状，连忙接过话头，苏晨坐在代理席上，心有余悸。

开庭结束，苏晨一边收拾东西，一边聆听师兄的"教诲"，不时地回复"对""是的""知道了"。

吃过晚饭，开车路过海边，海风习习，很舒服。苏晨望着夜色下灰茫茫的大海，神情凝重。师兄按下按钮播放音乐，是班得瑞的《迷雾水珠》。静静听着，这跳动的音符在诉说的，仿佛是苏晨的故事，有欣喜，有悲伤，有惆怅，有迷惘，更有坚定和从容。

苏晨突然想周末去寺庙拜拜佛，静下心。

周日下午四点，太阳的热度退去，夕阳的余晖染红了半边天。苏晨穿着一条碎花连衣裙，踩着一双凉鞋，一个人坐上了去普陀寺的公交车。车开了，风从窗外吹进来，很舒服，很凉。距离普陀寺还有三站，车上只剩苏晨一个人。她突然感到有点心慌。

下了车，真是一个荒凉的地方。三三两两的村民在树下乘凉下棋。苏晨一步一步慢慢地走上石阶，巨大的牌坊后面就是普陀寺。走进去，大殿里正在举行什么仪式。住持率领众和尚在念经，两旁都是跪拜的人，有身穿僧袍的，有穿普通衣服的，人人手里捧着一本经书，在跟着一起念，在庄严肃穆的巨大佛像前面，人们的诵经声和敲打木鱼声一起形成一股祥和却令人震撼的力量。苏晨在门槛外看着，里面的人们双手合十，诵经和跪拜。当然，念的什么是一个字都听不懂，只是觉得住持的嗓音很好。突然，不知道住持下了什么指令，所有人都转向苏晨这面开始跪拜。苏晨被吓了一跳，这场面跟跪拜自己似的，她立马闪到一边，等人们又重新背过去念经了，苏晨也双手合十，注视着佛祖，心想：佛祖眯着双眼，真的能管人间大小事吗？若不能，这千百年来，这些人又为何要代代相传虔诚诵经膜拜？佛祖，你若真能帮人消灾，能否借点力量给我，让我把脚下的路越走越宽？能不能给我点暗示，告诉我怎样走才能少些无助？是我不够努力吗？我到底要多努力，才能拥有快乐，拥有陪伴，在远离父母家人的地方拥有一盏温暖的灯？佛祖不说话，依旧眯着双眼，高高在上，任凭苏晨仰望。

　　苏晨就这样站着，静静地，直到天色一点点暗下来。

第十六章　梦中的婚礼

大殿里的人群渐渐散去，苏晨还站在原地。她已经这样站了整整一个小时。

直到一位穿着僧袍的师父劝慰道："施主，时间不早了，回吧！"

苏晨转身向师父鞠了个躬，一步一步地走下石阶，走向灯火通明的小镇。那一刻，她觉得心里真的轻松了许多，难道仅仅是因为对着佛祖一个小时的光阴吗？也许是寺庙里庄严宁静的气氛洗涤了她杂乱的思绪吧。她这样叹着。宏伟的牌坊立在夜色中，犹如神话中通往异域的大门，仿佛跨过去就是另一个世界，有一种未知的玄妙。

苏晨回到家，有点疲惫，冲凉睡觉。在梦中，他还是梦到了那宏伟的大门。梦中的自己跨过了大门，看到野花遍地，绿树成荫，鸟语花香，溪流瀑布。这是人间仙境吗？梦里的自己正在这样想着，闹钟铃声如期而至，嘀嘀地将苏晨从梦中拉回到现实。苏晨半眯着眼睛，非常想再回到仙境中待一会儿，无奈梦里才有的地方，却是回不去的。

他提着早餐刚到所里，就接到齐明朗的电话，声音急促而兴奋："苏晨，我和凌远打算结婚了！"

苏晨拆面包包装的手停下来，齐明朗下面的话都没有听清楚。反正都不重要了，自己也早就打算成全他们了，否则为什么会千辛万苦把齐明朗劝回来陪凌远呢，为的不就是今天这个结果吗？何况自己也答应佛祖放下了。放下电话，苏晨继续拆面包包装，慢条斯理地吃起来，眉头不再紧锁。做一个不争不抢、淡泊的女子吧。

下班后，苏晨拉了所里新来的一个小丫头去逛街，大家喊她萍萍，是个从容淡定的小丫头。苏晨经常在下班时拉着她一同逛街吃饭，觉得日子渐渐地少了孤独，多了开朗和豁达。苏晨想，难道真的是佛祖显灵，派了人来减轻我的孤独吗？这样想，就开心了好多。

一个星期后，苏晨在又一个阳光灿烂的早晨接到了齐明朗的电话，奇怪的是，电话那头没有了喜悦，而是低声的啜泣。吓得苏晨赶忙跑到无人的会议室，把门一关，问齐明朗到底怎么了，是不是和凌远吵架了。

齐明朗停止哭泣，说："没有，我们没有吵架，只是我们现在不能结婚，将来也不一定能结婚。"

苏晨听得一头雾水："为什么啊？"

"因为我怀孕了，孩子父亲是麦小洁……"

停顿，没有人说话。

苏晨一时语塞，不知道说什么。

几分钟后，苏晨试探着说："那，你要留下这个孩子吗？"

"要。"

一向善于为别人出谋划策的苏晨这次被难倒了。面对一个未出世的孩子，一个爱过的男孩，一个自己曾经受到伤害的好友，她不知道，她真的不知道，该怎么办了。

还是齐明朗先开口了："苏晨，我想要这个孩子。孩子是无辜的，你知道我一直特别喜欢小孩。也许你会奇怪，即使没了这个，以后也会有，我也有一瞬这样想。可是每当我想到我要杀死自己的孩子时，我都非常非常难过，他是一个生命，我狠不下心，你懂吗，你懂我的感觉吗？"

"嗯。其实，也许凌远可以接受这个孩子，他那么爱你，这样你们还是可以结婚的。"

"我不知道，我现在很乱，也很累，当我去派出所接凌远时，我以为我们再也不会分开，可是，我忘记了，我曾经抛弃过他，这是事实，这根本无法改变，这期间发生的事情也无法改变。现在，我们能否回到从前，我没有任何把握，我想静一段时间，仔细想想。"

"嗯，也好。只是，我不想看到你们来之不易的重逢再次变成痛苦的分离，所以答应我，试一试同时拥有孩子和凌远，好吗？"

"嗯，过段时间再说吧。婚礼暂时取消了，我要回家待段时间。我知道这对于凌远很残忍，但是为了对我、对他，还有对孩子负责，我必须这样做。请你帮我劝解一下凌远。我知道我们的事情给你带来很多麻烦，已经麻烦了这么多次，就再帮我一次吧，苏晨。"

"说这些干吗，换了是我，你帮不帮？"

"帮！"电话那头的齐明朗声音终于轻快了些。

挂了电话，愁云又一次笼罩了苏晨。

第十七章　幻灭的意识

苏晨再一次看到凌远时，他穿着蓝格子衬衫，洗得发白的牛仔裤，头发有点乱，在吸着烟。这是苏晨第一次看到他吸烟。夹烟的手指显得很不自然，略微生硬。苏晨看着他，说不出话来，悲伤弥漫在心底。只是她不再流泪，真正的泪，是流在心底的。这一刻，苏晨很想走过去，抱一抱凌远，除了小部分还没有扼杀的对他的爱恋，大部分是心痛。各种复杂的感觉绞得她的心隐隐作痛。

凌远一直没有发现苏晨的到来，他只是坐在公园的树下，静静地看着前方的湖水，静静地吸着烟，吐着与周围环境不相称的烟圈。恍惚之中，他没有意识到快要燃尽的烟头，直到灼痛了手指，烟头从半空坠落。然后他看到了一双运动鞋。

"苏晨！"凌远抬头，视线交织的一瞬间，互相看到彼此眼睛深处无尽的失落……"苏晨，你不必劝我，你放心，我没事。经历了这么多事情，我已经不再那么恐惧了。我知道她在哪里。我会每天写信给她，直到她确认我会好好地对待她，对待她的孩子。我会好好搞科研，增强自己的能力，给她安全感。无论最终她是否选择回来，我都会好好地生活下去。"凌远踩灭地上的烟头，冷静而平缓地说。

"嗯。"苏晨在凌远的身旁坐下，"她会回来的，凌远。"

"嗯。"凌远把视线重新转移到湖面。苏晨偷偷地看着他的侧脸，很漂亮的轮廓。

他们这样坐着，不知道坐了多久，时间静静地流淌。

苏晨那晚睡得很早，也没有做什么梦，很快入睡了。第二天，她在镜子里看到自己，那是个脸色有点苍白的女孩。苏晨想了想，涂了点红色的唇彩，才有了点神采。去上班的路上，她不再想这件事。有些事情，翻过来倒过去地想，也无法改变结果，那就干脆不去想了。新的一天在她的怀抱里了，有什么比这个更重要呢？

师兄吩咐的答辩状几经修改，终于定稿，送递法院。顺便旁听了一个庭审，借贷纠纷，亲姐妹为了点钱闹到大打出手、头破血流的地步，看着互相咒骂的那两个中年妇女，苏晨不再感觉眼前这一幕是一出闹剧。是的，这，就是现实，就是人生。你笑话人生，也许什么时候人生也会把你变成笑话呢。

晚上和朋友出去吃了客家菜。听过关于客家的起源。客家人为了抵御外来的侵犯南迁，他们将房屋筑成圆形，群居而存，因此有了极重的家庭观念。家，是所有生活元素的核心。抛弃家庭，无异于抛弃一切。苏晨喜欢这种态度，她一直在内心构造这样一种态度，原来这种态度早就有人践行着。

吃饭的时候，苏晨习惯性地和朋友聊了很多问题，并戏言此举可以提高吃饭本身的价值。交流是产生价值的一种方式。从书到电影到哲学，天马行空，周五晚上的海风显得格外清凉舒缓。偶尔苏晨会想到齐明朗、凌远，还有魏然。不知道此刻，他们在做什么呢？每个人在各自的人生轨道里，无法左右别人的去向。

我们生来是一个人，死去时是一个人，在生命漫长的过程里，我们从来不曾完全拥有一个人——除了我们自己。这样想来，一切得失，都显得不那么重要，只要有自己，就是最大的拥有了。

第十八章　初生的红日

太阳如初生的婴儿般，带着无限的活力跳跃出地平线，预示着无数的可能性。

齐明朗赤足站在沙滩上，静静地望着那轮红日染红早上六点钟的天空。海风梳理着她墨黑的长发，却没能舒展开她紧蹙的眉头。她身上单薄的淡蓝色针织衫衬着白色的纱裙，如此美丽。可是，她却不快乐。

再一次的逃离令她感到无处可躲，无路可寻。有时候她想，自己到底为何处于此种境地？自己到底在逃离什么，又在纠结什么？为什么再一次将唾手可得的幸福拒之门外？她爱凌远，只是她还可以爱他吗？她腹中的那个生命在她和凌远之间挖掘了一道深深的沟壑，她害怕迈不过去，掉进万丈深渊。她有太多不确定，不确定凌远看她的眼神是否会如从前一样，不确定他是否真的不介意她曾经属于另外一个男人，不确定他们的未来。

她想把这个孩子生下来。几乎是在得知这个孩子存在的那一刻，那种渴望那样坚定，没有道理，没经过思考，她只是，想要这个孩子。

她几经岁月折磨，孕育了一个生命，她觉得她和这个孩子有着某种奇特的缘分，一种除母子亲缘之外的神秘关联。对此，她无法解释。

她要这个孩子，要看孩子出世。为此，她愿意付出一切，抛弃一切，或被一切抛弃。

她用手护住腹部，仿佛感受到那个小小心脏的跳动，这让她感到安心，她和孩子是一体的，孩子给了她不会再被抛弃的强大安全感。也许，这就是她内心深处想要孩子的原因，一种难以理解的依赖感，她将从孩子的身上汲取生命的无限力量。

"宝贝，妈妈陪你看日出了。你看，那太阳，多火热啊！"她轻轻地说，眉头随即展开，一丝不易察觉的喜悦点亮了她年轻的容颜。她以前快乐的样子，很美，足以照亮身边的每个人。他们爱她，因为借着她的快乐自己也可以快乐起来。她想：我能否回到从前快乐的样子？

齐明朗低下头，紧闭双眼，沿海边慢慢地走，身后留下一个个脚印。谁懂它们诉说的什么呢？

凌远每日不太讲话，按部就班地生活、工作。他在等待。

等待最磨人，也最可贵。因为等待中有无数种结果。光阴一寸寸，寸寸如刀，将一颗心凌迟。他现在学会了享受这种说不出道不明的痛，这是他爱她的方式。守着光阴等一个人的岁月，静静流淌。

他保持着正常的作息，只在一些闲暇时间想她。这个傻丫头，他怎么会介意她腹中的胎儿呢？只要是她的，他统统都爱的呀。她为什么不明白呢？她的疑虑若是因此而起，只能说明她还不了解他的爱有多深。她现在在做什么？在吃饭，在睡觉，还是在发呆，在难过？

想到这些，他的心揪得疼。

半个月的时间，恍如隔世。他不能再这样等下去，他要去找她，告诉她，他要和她在一起，守护她的所有，不问过去，不忧未来，他要活在当下！

又是在厦门的白色小楼前。

他从未感到如此坚定。在那个慈祥的中年妇人的指引下，来到一扇门前。他久立门前，里面是他爱的明朗。他即使在门外，都仿佛能感受到她的气息，她均匀的呼吸……轻轻地推门进去，明朗背对着他在睡觉，头发散落在柔软的枕头上。他悄悄坐在床边。

他好想看看她的脸，可她睡得这样沉，他进来都没有半点反应。

他伸手摸了摸她的长发，将头靠在她的头旁边，他感到如此的幸福，在有她的地方，他才能缓解心中的痛楚。若是时间可以就这样停止，他真希望就这样守着她，直到生命结束。

其实齐明朗并没有睡着。她听到门外细微的交谈声，她就知道，一定是他来了，他来找她了。凌远轻手轻脚地进来时，齐明朗的眼泪一滴滴地掉在枕头上，她拼命地使自己不发出声音。现在，他的头靠着她的头，她终于明白，他们之间的沟壑再一次被凌远填平了。她真的好想好想他，就算他近在咫尺，她还是那样想他。她轻轻地转过身，将凌远的头揽入怀里。凌远惊了一下，抬起头，看着她，两个人眼睛里都有温温的液体流出，然后是痛快地哭泣，他们都不再掩饰内心的苦楚，终于痛快地哭了出来。两个人抱在一起的体温消融了数日冻结在两个人心里的冰山。这样畅快地大哭，使一切都在瞬间明媚起来。

第十九章　秘密

　　畅快地哭过，凌远和齐明朗相视而笑，像已经这样看着彼此很多年了一般。他们说着话，悄声细语。

　　"明朗，不要再离开。与其忍受分离的痛苦，不如我们一起忍受在一起的磨难吧，这样，即使是痛，也是有意义的。不要被过去所牵绊，过去的就让它随时光而去，放了过去的自己，珍惜现在的自己。你看着我，我的臂膀，我的身躯，我的心，我的全部，都是你的，只是你的。我爱你现在的样子，爱能承受的远不止我们目前所遇到的一切苦难，我的手牵着你的手，我的脸贴着你的脸，我们可以穿越所有荆棘，像风那样。开心起来，好吗？"

　　齐明朗看着这个眼里布满血丝的男孩，他那样年轻，那样美好，那样温暖与明亮，像柔软的月光，像夏日南方的风，将生命的灿烂光芒洒向她灵魂深处那最潮湿与阴暗的空隙。她知道，她将不再犹豫，不再怀疑，不再恐惧。因为他的手握着她的手，他的脸贴着她的脸，他将陪着她穿越未来所有的荆棘。她被彻底感动了。

"凌远，过去的丑恶一度让我丧失了勇气和信心，我变得不相信爱、庄严、美好这些词语。我颓废，我堕落，我生不如死。我不知道怎样找回过去的自己。是你，把我从人生泥泞的沼泽里拉了出来。我不会再离开你了，我真的好爱你，从没像此刻这样，觉得自己是如此爱你。你就在我的眼前，我还是这样想你。"

这是齐明朗这些日子以来第一次说这么多的话，她的声音震颤，但一字一句，清晰、坚定无比。

凌远的眼泪再次奔涌而出，他等她这些话，很久很久了，等得很苦很苦。现在，他终于有了他的女孩的承诺。他知道，女孩不会轻易做出承诺，但一旦承诺，就不会改变，任岁月如风，吹过春夏秋冬的轮回。他轻轻地吻着她的额头，幸福降临。

他们就这样小声地说着话，说着未来的打算，说着很多很细小而温馨的事情。窗外，夜色如水。

苏晨坐在去中院的公交车上，看着外面闪过的绿树和街边的房屋，思绪缥缈。她好像在想许多事情，又好像什么都没在想。这样漫无边际地走神，没察觉到是从什么时候开始的，也许就是在记忆的闸门"吱"一声打开的那一瞬间吧。她闻到路边树叶的味道，就想起去年还在学校的时候，那条笔直的校道两旁，种着长得不是很高的树，晚自习回来，会听到路上一阵阵的蝉鸣，跟唱歌似的，拉着长音。那些树，也是这种味道。记得听人说过，人对于味道的记忆是最深刻的，只要闻到相同的味道，就会仿佛置身于曾经的某个时间点。她美丽的大学，她南国美丽的大学，给了她印象里最深刻的味道。每当想起，校园高高的钟楼，校园雨后清新的马路，她的心就如置于清潭之底，无限悠然、清凉。那时候的她，多么快乐，每日和齐明朗在一起上课、下课、逛街，以至于同学们若是见到了其中的一个，都会自然地问起另外一个。她很喜欢齐明朗，虽然她们的性格不同，却是最理解彼此的，在一起有说不完的话，海阔天空，天南地北，畅快淋漓。她们在一起时，她就不感到孤单，因为齐明朗像一团火焰，只要她靠着齐明朗，就会被温暖和热情融化。

毕业后，她花了很长时间习惯没有齐明朗陪伴的日子。

齐明朗在读研，与已经工作的苏晨相比，虽然没经历社会的现实与惨烈，却也有很多烦心事。刚开始时，齐明朗经常会打电话给苏晨，把自己的苦恼一吐为快。苏晨这时会静静地听，待她说完，痛骂那些让齐明朗不开心的人，骂完了，两个人满足地大笑。人生得一知己，足矣。苏晨想，这个世界上，能跟自己说话的人有很多，可是能沟通的人，试问有几个呢？

齐明朗和凌远在一起后，苏晨一度很痛苦。她觉得齐明朗不再需要她了。齐明朗有了凌远，与她联系的次数渐渐变少，即使隔很久打个电话过来，话题也离不开凌远。苏晨对齐明朗的友情，其实是超过对凌远的爱恋的，因此她能接受凌远爱上齐明朗的事实，却很难承受齐明朗的渐渐远去。这是她的秘密，她没有跟任何人说过，她独自承受着失落的煎熬。

可是，她现在不再怨齐明朗了，也不再伤心了，因为人生本来就是这样的。每个女孩最终都会有个男孩来守护，都会把更多的时间交给这个男孩。这有什么可伤心的呢？齐明朗和她，不过是齐明朗先跨出了这一步而已。若是换作自己，不也一样吗？

至于凌远，他不属于自己，就让他从心里那个位置上离开吧。苏晨暗暗想：我要把那个位置留给林徽因笔下那个像人间四月天一样美好的男孩，那个，很爱很爱我的男孩。

"会有守护我的人出现的。"苏晨闭上眼睛，闻着窗外的树叶香，阳光洒在脸上，很暖，像她长长的卷发的颜色一样让人感到光亮。

第二十章　联谊舞会

　　不知不觉，刚刚毕业的苏晨因为没有男朋友，得到了所里同事们善意的督促：趁年轻，赶紧去抓个好男人啊；等老了，可就只能等着被挑了。真是皇帝不急太监急啊！面对大家的热情，苏晨只好叹息，不知道哪个蓦然回首的瞬间才会遇见那个Mr.Right啊！想着想着觉得好奇怪啊，怎么刚刚跨出学校的大门就要跨入剩女的行列了呢？现在的状态，除了偶尔会有点孤单，整体上她还是满意的。无牵无挂，一人吃饱全家不饿，不想着攒钱，不想着买房，不想着登记，不想着为下一代赚家底，心情愉悦，身心放松，实在没危急到火烧眉毛的地步。可是远方的妈妈还有朋友们都替她着急，希望天上赶紧掉下个有房有车有型有款的"四有新人"来照顾她。妈妈对于上次精心安排的相亲，一直耿耿于怀。还特意打电话调查情况，苏晨不敢说自己带了魏然这个假男朋友去折磨那个可怜的书记员，还一直提心吊胆担心李西文泄了底，所幸这个书记员没有打小报告，于是此事不了了之。苏晨只对妈妈说不喜欢那个呆呆的书记员，妈妈也拿她没办法，毕竟爱情这种事情是勉强不来的，于是一顿惋惜也就放了苏晨。

这天所里"下诏"，"诏"曰：司法局举办青年联谊舞会，请大家踊跃参加。说白了就是相亲大会，谁不知道啊。所里的姐妹们眼看大好时机，于是苏晨和几个同样无辜的"社会公害""被"报名了，等到自己知道了，名单已经报上司法局，无力回天了。所里的主任不明其故，还特意叮嘱他们几个报了名一定要去，否则会影响所里的形象。这下完了，唉，为了所里的荣誉要牺牲下不爱凑热闹的苏晨了。大局已定，想想不就是去吃饭聊天蹦跶嘛，大不了进去了就吃，吃饱了就撤呗，嗯，没什么大不了的！

舞会定在周六下午三点钟。

下午两点整，苏晨还睡得迷迷糊糊，昨晚通宵看了电视剧《美人心计》，此刻大脑里一团糨糊，黏着剧中各种各样的人物。头发散乱，整个人蜷缩在被子里。睡着睡着，好像觉得时间差不多有十二点了吧。她懒洋洋地伸手去摸枕头旁边的手机，慢慢地拿到眼前，睁眼一看，我的妈呀！两点十分了！一秒后，从床上跳起来，洗漱完毕，用梳子梳了几下头发。穿什么呢，穿什么呢？从衣柜扯出一条黑裙子，咦，怎么压出褶来了？真是啊，越急越乱，裙子往床上一扔，找熨斗，插电源，从上到下，三个回合，OK，平了。光速穿衣穿鞋，冲出门去，表上的指针已经摆成了九十度。还有半个小时，直奔公交车站，左等右等，55路车就是不来，别的车一辆接一辆地呼啸而过，苏晨要抓狂了，每次坐哪路车哪路就偏偏不来，而别的车则一辆空调的后头还跟着一辆没空调的耀武扬威地冲过来。还有十五分钟，不行了，时间要来不及了！一辆的士开过来，苏晨向前走几步，上前拦下，钻进车内，"砰"地关上车门，手一挥："司法局！"

赶到时，已经是下午三点零五分。一路小跑，门口负责签到的工作人员看着脚踩五厘米高的高跟鞋跑得气喘吁吁，头发被风吹得乱七八糟的苏晨，温和地示意她不要着急："活动刚刚开始，领导在致辞，你从旁门进去吧。"苏晨签上自己的名字，轻手轻脚地从旁门溜进去，坐在最后一排。今天来了不少人啊，男士们西装革履，女士们衣裙飘飘，显然都是有备而来啊！看到这儿，苏晨下意识地用手理了理自己的头发，这才想起自己刚刚太匆忙，一点妆都没化，混在妖娆的女孩群里，觉得自己像根狗尾巴草，一点气势都没有。罢了，就安心当绿叶吧。正瞎想着，旁边一个位子也来了一个迟到的人，苏晨没有在意，只顾观察着来参加舞会的人们，一个个望去，怎么还没发现一个帅哥呢？苏晨突然感觉旁边的人好像一直在盯着自己，疑惑地用余光瞄了一眼，然后她再也淡定不了了……

那个人，是李西文。

只见李西文吃惊地看着苏晨，过度的吃惊使他的嘴一直半张着。此时，苏晨真希望地上突然开出一条缝，无论多小，她都绝对毫不迟疑地钻进去。"苏晨，你不是有男朋友吗，怎么还来这场舞会啊？"李西文好意地省掉了"相亲"两个字，也挡不住苏晨的脸由白"唰"地变红。"我、我……哦，我们、我们……分手了……"破釜沉舟，这是最后一招了，总不能让他认为自己是三心二意的人吧。人品重要啊，只是这样一来……

"哦，这样。"看得出李西文本意是想表示出点遗憾来抚慰"受伤"的苏晨，可是他的小眼睛却出卖了他，里面是掩饰不住的喜悦。苏晨无奈，意识到"小电池"又要放电了。领导的话，终于收锣罢鼓，息兵罢战。下面的群众皆大欢喜，拍手称快。

这时，音乐响起，是班得瑞的《夏日的华尔兹》，这样优美的音乐没能像往常一样点燃苏晨的活力。因为她被李西文踩了 N 脚，他瘦小的胳膊不够撑起苏晨，脚下的舞步更是拖泥带水。苏晨将脖子尽量歪向左边，几乎是拽着李西文在舞池上画圈。其他的男士们女士们跳得也正起劲，场地不够大，一对经常撞到另一对，但谁都没有在意，气氛十分欢乐。不一会儿苏晨干净的舞鞋上就被踩了几个清晰的脚印。李西文一再向苏晨道歉，然后再一次次地踩上去。

"苏小姐，你舞跳得不错啊，应该是专门学过吧？"跳舞无疑是聊天的好时机。

"嗯。谢谢。"

"我跳得不好，以后可不可以请你指教一下啊？"

"呃……"在音乐里交谈不是件容易的事，得趁节奏缓慢的时候才听得清，幸运的是苏晨回答时正是节奏紧凑的时候，于是她的后半句被恰到好处地淹没了。

一曲终了，李西文去了洗手间。苏晨面带微笑，目送深情款款的李先生出了门。此时不跑更待何时！她收拾东西，迅速闪人，狂奔出司法局。这再跳几曲，就算她承受得住那双小眼睛的电量，她的舞鞋也 hold 不住更大的压力了，一定会被踩扁。为了心爱的鞋，只能撤退！

剩下的舞曲，留给李先生和里面那些鲜艳的孔雀吧，麻雀要飞回家擦鞋了。哈哈哈！

第二十一章　李先生的表白

　　下了车，穿过马路，庄严的中院屹立在一排排据说昂贵无比的树后。十月，天气已经转凉，不过今日气温回升，午后有点闷热，苏晨感觉到汗珠沿着脊背直直流下，不由得加快了脚步。一进立案大厅，燥热顿消，冷空气扑面而来，如果要用一个字来形容，那就是"爽"！她环顾四周，几个工作人员埋头于各自的电脑后面，刚刚休息过的人们都一副还未从午睡中醒过来的模样，没人理会她的出现。苏晨小心地拿出要交给法官的材料，来到材料收转中心的窗口说："你好，我要交一份材料给民三庭的莫法官。"电脑后的书记员头也没抬地扔给她一本稍显破烂的登记簿。苏晨想，真是惜字如金啊，唉，午睡后的人惹不起啊。登记完毕，该书记员一把抽回登记簿，蜻蜓点水般地在上面盖了个章，再龙飞凤舞地用签字笔画了一下，左手抄起旁边的一把尺子往那页纸的中间虚线处一比，同时右手捏住纸张左上角，"唰"地向右一扯，纸分为整齐的上下两部分，上部分熟练地扔给苏晨，下部分随即被其夹在另一叠纸最上面。整套动作优美连贯，且耗时不到三秒。看得苏晨目瞪口呆，这效率没得说。她一边感叹着，一边放好回执。只听背后一声温柔的呼唤："苏律师！"苏晨心中顿时百感交集。

苏晨用 0.1 秒的时间调整出一个笑容，一转身，便看见了走过来的李西文，他今天看起来格外精神，连脸上的青春痘似乎都很振奋。

"来交材料啊？"

"是啊，呵呵。"

"呃，你跟我来这边一下，我跟你说个事情。"说完，李西文自顾自地朝茶水区走去了，苏晨被很尴尬地撂在那儿，走也不是，不走也不是。眼看李西文去饮水机旁接水了，苏晨十分无奈，只好跟过去，随便拉了把椅子坐下。李西文端着两纸杯水，笑容可掬地递给苏晨一杯。落座后，李西文看着眼前自己刚接的水，似乎酝酿着什么。

"什么事情？你说吧。"苏晨心里有点打鼓，摸不透会是什么事，看李西文那娇羞的神态，她真恨不得像哪吒一样，脚踩风火轮而去。她最受不了的就是男生的娇羞，总觉得胃里翻江倒海地想吐。要忍啊，淡定，淡定！苏晨在心里安慰自己。

"呃，我父母今晚过来看我，他们想看看你。呃，不知道你有没有空一起吃晚饭？"

"啊？"苏晨端着纸杯的手抖了一下，然后做了个连自己都始料未及的动作——将那装着液体的脆弱纸杯猛地砸在桌上。同时，她嘴里冲出一句话："开什么玩笑你！"话一出口，语惊对面人。李西文显然没有料到苏晨的反应，吃惊地望着苏晨那瞪圆了的眼睛。苏晨马上意识到自己的失态，心想，怎么搞的，实话怎么可以乱说呢！

"呃，我没有别的意思。我的意思是，我们现在的关系，不适合见你父母吧？我刚刚有点鲁莽，你不要介意啊。"苏晨不知道还能怎么说，只觉得再怎么弥补恐怕也弥补不了李先生心灵上受的创伤了。想到这里，苏晨有点泄气，毕竟，他是没有恶意的。

"啊，没有关系没有关系，也许是我有点冒犯了，没有提前跟你说。那就下次有机会吧。我想你也知道，我是喜欢你的。"说到这里，李西文的头低得快掉进他面前的一次性纸杯里了，如果那纸杯再大点的话，恐怕可以洗头了。同时，他的音量也骤减，以至于最后一句话仿佛是一只蚊子发出的。

"啊？你说什么？不好意思，我没有听清。"苏晨确实是没有听清最后一句，她只听到第一个字"我"，其他字如风一样被李西文的舌头一气带过，不知所云。

"我说，我挺喜欢你的。"李西文听苏晨这么说，被迫提高了音量。说完，他深情地望着苏晨，脸红红的。

那一刹那，苏晨觉得面前这个男孩也蛮可爱的。听到别人说喜欢自己，苏晨心里还是有点小小的开心，这毕竟是对自己的赞美吧。

"谢谢你如此坦白，也感谢你为我写的诗和做过的事情。不过，我们的关系我还是要慎重考虑，我们现在先做朋友，好吗？"苏晨没有按照大学里姐妹们的经验给李西文颁发"好人卡"——"你是一个好人，但是我不适合你"，那是女孩们惯用的拒绝经典台词。原因有二：一则以后与李西文经常有工作往来，不能将关系闹僵，否则对于初出茅庐的实习律师来说，惹了法院的人，等于自毁前途；二则，她觉得也许她可以和他尝试一下，毕竟，他看起来是挺老实可靠的，最重要的是，他很喜欢她。而且，说现实点，如果能跟他在一起的话，对于自己的事业和生活而言，未尝不是一个"合适"的归宿。也许，日久可以生情也说不定呢！

"真的吗？你愿意做我的朋友？没关系，也许我的方式有问题，吓到你了。那好，我们就先做朋友，你能给我这个机会，我太高兴了！"李西文一下子兴奋起来。前一秒他还无比沮丧，像一只受惊了的小鸟；这一秒他眼睛里迸出惊喜的光，整个人都轻松活泼起来了，看得苏晨无比纠结。

谈完了"事情"，李西文照例将苏晨送出法院大门，目送伊人乘车而去。苏晨在出租车的后视镜中看到他立在原地，车子渐渐驶远，苏晨仍能看到他高高扬起的手不停地挥动着。

第二十二章　请问你的青春被狗吃了吗

自从在中院被表白后，苏晨倒是快乐了许多，不知道是情绪周期转到了"开心一刻"，还是由于作为女孩小小的虚荣心得到了满足。每天早上睁开眼睛的那一刻渐渐变得满载欢喜。一天，她看到一则冷笑话："你不胡闹、不疯狂、不逛街、不去 KTV 狂吼、不恋爱、不表白、不拒绝、不暗恋、不在最美的年纪臭美，请问你的青春被狗吃了吗？"虽然打着笑话的名号，不过苏晨笑点这么低的人都实在找不出笑点可以笑。想想自己曾经憋屈的日子，她不禁问自己："你的青春被狗吃了吗？你的青春被狗吃了吗？你的青春被狗吃了吗？……"说了几遍，觉得这么好的话不找人分享实在憋得很难受，于是下班时跟同事说起，同事淡定地说："最后一句，让我想起'你的良心被狗吃了吗？'这句。"

那，趁大家的青春还没被狗吃了，就抓紧时间去胡闹吧！

召集所里几个女孩子开研讨会，会议决定：胡闹要趁早！于是一下班，参会人员集体蹦去附近的 KTV。大家放下矜持，放下害怕丢人的心理，放下淑女的扭捏，放开嗓门，痛快地唱！有唱歌的，有伴舞的，有臭美自拍的。在音乐里，每个人都找到了在青春里潜伏的美妙。心情好得快要飞起来了！唱啊，跳啊，笑啊，有什么比快乐更能诠释青春的含义呢？最后大家一起合唱经典老歌《朋友》，有朋友陪伴与胡闹的日子，多么美好啊！

很多时候，我们不过是需要相互陪伴着一起走下去而已，苏晨想。此刻她还是不知道凌远、齐明朗怎样了，在迈出KTV大门时，她将这件一直牵绊着她的事情，暂时抛在了晚风里。

晚风如故人，不被往事扰。

接下来的日子，苏晨全身心投入到工作中，随着案件类型的增加，从建设工程施工合同纠纷，到商品房买卖合同纠纷，再到劳动争议案件，工作局面一点点被打开，逐渐进入了一个良性循环。她对这份工作无比热爱，一点点释放着自己的潜力。

直到她接到齐明朗的信，信纸上写满了幸福。此刻的明朗仿佛蜜罐中的杏仁，透过单薄的信笺散发着香甜。明朗说再过几天会回来上学，到时再聚。终于，那场风波告一段落。苏晨也松了口气，其实，这是她早就预料到的结局。都说"当局者迷，旁观者清"，凌远和齐明朗是两块有吸引力的磁石，绕了半个地球还是会再次吸在一起。

一切似乎都进入了正轨，皆大欢喜。

苏晨想了想，有多久大家没有开心地聚在一起了？

只是，爱情和友情，不知哪个才是永恒的？

不管怎样，苏晨还是很期待大家的再次相聚，各自经历了一些事情后，大家是不是依然亲切和可爱呢？是不是成熟了一些，褪去了一些青涩，变得更有魅力了呢？

这天中午休息时，苏晨忽然想起好久没有联系魏然了，便拨通了他的号码，那边只响了一声就听到魏然用好听的声音说："喂！"速度之快仿佛专门在电话那头等着铃声响起似的。

"魏然，最近怎么样啊，在核电站被'辐射'得如何？"

"苏姐姐，接到您老人家的电话，我受宠若惊啊！我这么健康青春、活力四射的青年，正茁壮成长呢，那点小辐射，小意思啦！"魏然就是这样，天赋异禀，逗人开心不费吹灰之力。

"需不需要我送你个仙人球啊？礼轻情意重，能帮你吸一点辐射是一点啊，哈哈！"

"仙人球？我的妈呀，别了，人家都送玫瑰送百合，哪有送仙人球的呀？别没怎么吸辐射，回头哪天谁看我不顺眼拿来当砸我的凶器，那不是白瞎我这英俊的面容了嘛！对了，今天怎么想起给我打电话了，莫非是思念我了？"

"是啊，思念得不得了啊，一想起你在核电站保家卫国……"

"等等，怎么我听着你这话好像是在说解放军似的，我可承受不起啊！"

"解放军？拉倒吧，你能去解放谁啊？别人不去解放你就不错了！你这不是为保家卫国的人提供后备保障嘛，一样伟大，一样伟大，哈哈！"

"这话我爱听。对了，你最近怎么样？我这段时间在做一个很急的项目，都忙得没时间给你打电话，没怪我吧？"

"我哪有脑细胞去思考怪不怪你的事啊，我珍贵的脑细胞还有更艰巨的任务呢。我挺好的，工作、生活都是。哪天有空出来吃个饭吧，我请你。"每次和魏然说话，苏晨都能惊喜地发现自己贫嘴的功力又提升了。

　　"没问题啊，下周日吧。怎么能让你请呢，你是我姐啊，还有我是男生啊，无论从尊老爱幼还是怜香惜玉的角度都得是我请你，你负责用一周的时间想清楚吃什么就行了，哈哈！"

　　"行，看你这么以请我吃饭为荣，这个任务我保证完成好。好了，我要上班了，不跟你说了，保重龙体，后会有期！"

　　"OK！你也是，凤体安康，努力工作！拜拜！"

　　"拜拜！"

　　挂了电话，苏晨看看表，还有十分钟到两点，趴在桌子上打个盹吧！她将头埋在臂弯里，轻合双眼。

　　就在此时，一个人经过，将一本书轻轻放在她的桌面上。

第二十三章 原来，幸福就在转角处

这本书的名字是《原来，幸福就在转角处》，作者是韩国作家南仁淑。它是苏晨一个热爱读书的同事多多带给她的。多多是苏晨身边少有的喜欢与她一起讨论电影及书籍的女孩，兰心蕙质，温婉可人。

周六上午，苏晨七点钟起床，洗脸刷牙，没吃早餐就开始靠在床头看这本书。她花了三个小时的时间通读完毕，起先并无太多感触，感觉并未领悟到书名中的那份豁然。相比之下，书的封面上作者精致、温和的面容更加吸引她。

苏晨简单地吃了个面包当早餐兼午餐，饭后便去书店买了毕淑敏的《心灵密码》。她将书置于床头，有空便读，总害怕读得太快，怠慢了这位阅历丰富的作家。她慢慢地翻，慢慢地看，直到感觉心间一缕缕清茶的芳香悠然升起。世间纷繁复杂，于这繁华中，求一份淡然，并非易事。

苏晨恍然间明白，之前总是在想自己承担了多少，忘记了所有困惑皆因没有正确认识自己。"认识你自己"正是古希腊阿波罗神庙的石柱上刻着的一句话,这句话出自苏格拉底。认识自己是一生的功课。她同样很喜欢那句话——"活着,是一种修行"。修心修行,躯壳里面理顺了,才能抵抗外界残酷的打击。

毕淑敏说:"好女子安然如猫,又欢快如鹿。"对内做到安然,如复旦大学教情商课的那位著名的女教师陈果说的:"孤独,是一种圆融的高贵。"和自己交流时,可以安之若素,充满力量;对外做到欢快,热烈地爱生活,如鹿般活泼。这样的女子,优雅如斯。幸福的力量,最根本应来自自身,依附于他人的幸福很危险。当然,这并非说不能信任别人,只是,女子要有使自己幸福的能力,要有过上自己想要的生活的能力。活着,可以有各种方式,听凭内心地去活,却很难做到。在转过多个拐角后,要依然相信自己将收获美好的一切。勇气,连绵不绝方可贵。

你爱的女子是怎样的呢?

苏晨想,我爱这样的女子,淡时如烟云,浓时似油彩。

幸福,是你于转角之处遇到了更好的自己。

这样想来,连日来的焦躁和不安如迷雾散去,太阳出来了。人走一段路后该停下来,等等还未赶得上的灵魂,没了灵魂的躯体是走不远的,因为它缺了一种被称为"信念"的东西。

每次一个人思考这些问题时,苏晨都会觉得自己的心灵又成长了一次。周六的心灵课程圆满结束,她想让明天快快到来,因为她要焕发光彩啦!

第二十四章　敢不敢打赌

　　川城火锅店里，苏晨和魏然面对面坐着，两人不停地把青菜、肉片、豆腐等下到沸腾的锅里。在有点凉的初秋里，这样的气氛让人感到温暖。苏晨身穿一件白色手工刺绣小背心，外搭一件淡蓝色牛仔七分袖外套，下身一条深蓝色窄脚牛仔裤，头发随便地盘了个髻，脚上还是那双穿了很久的平底凉鞋。在苏晨看来，如此随意休闲的打扮很美，很清新。魏然没有多大的改变，好像每次他都是一条牛仔裤、一件 T 恤，没什么创意，所以苏晨每次都不大记得他的穿着，总是会问："这是你新买的 T 恤吗？"

　　"苏晨姐，你认识我多久了，这件衣服我穿了很多次了！"魏然申辩。

　　"好啦，好啦，说是新的还不好吗？这说明你的衣服质量好，还有你爱惜衣服，嘿嘿嘿！"

　　苏晨善于玩这种文字游戏，总有办法把白的说成黑的，把坏的说成好的，并称这是从事物的多方面来看待问题。

"我就知道我说不过你。说不过你我就跟你比吃，比比咱俩谁能把这些吃光！你吃这半边不辣的，我吃这半边辣的，谁最后剩的最少，就算赢了。"

"行啊，不过咱俩换换，我吃辣的，你吃不辣的。"苏晨悠悠地说。

"啊？女生吃辣的不好的，会长痘痘的！"魏然不无担心地说。

"朕不怕，朕不会因为几颗痘痘坏了好兴致的。再说了，我喜欢吃辣椒你忘了啊？"

"没忘呀，只是那时候不是高中嘛，女生都傻乎乎的不知道美，现在你这不是女大十八变，到了该知道美的时候了嘛，我这是替你考虑……"苏晨看魏然在那儿絮絮叨叨，她也不说话，捞起一片熟了的羊肉就开吃。羊肉一入口，又烫又辣，她的眼泪都出来了："快点，别说了，赶紧拿张纸巾给我！"

魏然慌忙找服务员："靓女，给我包纸巾！"并关心地问："没事吧？你这速度也太快了，我这边还没有发表完意见呢，你这边就吃进去了！辣着了吧！"他将纸巾递给苏晨，手不经意间碰到了苏晨的手指，他突然有种想要握住那双纤细的手的冲动。但是，他知道，他不会那样做。

苏晨擦擦眼睛："等你发表完意见菜都凉了。没事了，很久没吃辣了，不过很过瘾！你快尝尝！"

魏然回过神，拿起筷子夹起一片煮得很软的肉片轻轻地塞进口中，嗯，确实很香，辣椒真是个好东西呀。对于两个无辣不欢的北方人，在南方的初秋聚在一起吃火锅，是什么也换不来的快乐。

"确实很过瘾呀，哈哈！不过你少吃点吧。发扬发扬风格，多留点给我。这样吧，只要你能吃掉这半边的三分之一，我就算你赢，怎么样？"魏然指着有红红辣椒的那半边锅，挑衅地说。

"行啊，小意思！那我们赌什么？"

"真心话，敢玩吗？"魏然看着吃得脸颊红红的苏晨说。

"可以，不玩大冒险就行，要是让我去门口唱首歌，我明天就不用出来见人了，哈哈！"

"好，一言为定。赢的一方可以问输的一方三个问题，输的一方要如实回答。"

"行！"

接着，两个人有一搭没一搭地聊天，大多数时间苏晨只顾着吃，只有魏然在那儿一个人自说自话，还说得好不开心。苏晨说自己吃得慢，说话耽误换气，故选择倾听。

晚上七点还不到，天就渐渐地黑了。火锅店里更热闹了，伴着周围嘈杂的声音，两个打赌的人在角落靠窗的位置相互较劲。

魏然很能说，同时不耽误吃，只见他一口一个肉丸，笑眯眯地看着对面艰苦奋战的苏晨用三倍的时间消灭掉同样分量的食物。

最后，魏然如愿以偿赢了。

两个人再也吃不下，喝着汽水不停地笑。

"好了，苏晨，你是否服输？"魏然严肃地说。

"服。你也太能吃了，那么多都吃得下！"苏晨惊呼。

"别打岔。那就是说我可以问你三个问题。你要如实回答。不可以不回答，不可以说谎，不可以敷衍。"魏然意味深长地说。

"行，我对灯发誓：以下苏晨所说的句句属实，绝无半点隐瞒。"苏晨顽皮地举起右手对着火锅上面的灯说。

"好。"魏然低了下头，然后又抬头看着苏晨。

"第一个问题，你现在有没有喜欢的人？"魏然认真的样子一反常态。

"没有。"苏晨低头删掉一条 10086 发来的垃圾信息，回答得干脆利落。

"第二个问题，你、你在高中时，有没有喜欢过我们班的人？"随着问题问出口，魏然的手心开始出汗。

"没有——"苏晨把手机放起来，抬头看着魏然，拉长了声音说。从魏然问她第一个问题开始，她就知道，魏然真正想问的是什么问题。她并没有想好如何去回答，心里是慌的，表面还装作若无其事。

"第三个问题，你……"魏然显然在犹豫要不要把那句话问出口。他有点紧张，却不知，此时，苏晨比他还紧张。

"你打算什么时候找个男朋友来照顾你啊？"最后，魏然还是没有把真正想问的问出来，话到舌尖，被他生生地吞了回去。

"什么时候碰到喜欢的自然就有啦。这个我也掌握不了。"苏晨在心里长长舒了口气。她真怕魏然问的是"我可不可以做你男朋友"，那样她也许会失去这个朋友，这个还一直在身边陪伴她的朋友。跟爱情比起来，她更相信友情可以永恒。

吃完了火锅，走出饭店，漫天的星星在闪烁。

"魏然，我们做一辈子的好朋友，好不好？"苏晨望着夜空说。魏然的心一下子沉到谷底，却还是用欢快的语调说："那当然了！"

苏晨不知道，这句话在接下来的日子里，对魏然意味着什么。

第二十五章　男人的泪

　　回到家，魏然的泪簌簌落下。

　　在苏晨说要和他做一辈子好朋友的时候，他感到了绝望。他是爱她的，从高中直到现在。他没敢问出的问题，苏晨却给了他最明确的答案。他知道，这辈子，怕是都不能和她在一起了，因为她是个坚定的女孩，决定的事情不会改变。

　　都说男儿有泪不轻弹，可是此刻，他心里如刀割般痛。痛得他控制不住地哭泣，从小声啜泣，到撕心裂肺地哭喊。哀莫大于心死。他还没开始恋爱，就失恋了。他想起她毅然的脸和说"朋友"时微颤却短促的音调。她不喜欢自己，她不喜欢！

　　她是他第一个爱上的女孩，也是第一个给他挫折的女孩。一夜之间，他觉得自己从一个男孩，变成一个男人了。因为他要放弃自己想拥有却不能拥有的人，继续活下去。

　　魏然，是苏晨最不想伤害的人。

　　他那么好，那么宠爱着自己，可是，自己还是伤害了他，苏晨能感受到他的痛，因为她也一样痛过，她怎么会不知道那有多痛？但是，她没有办法，她不爱他，不爱就是不爱，她不想浪费他的精力和爱，那样的活，她会恨自己的虚伪。

只是，一想到自己可能会失去魏然这个朋友，苏晨哭了。她不怕失去爱情，可是她怕失去朋友。没有朋友，她要怎样度过孤单漫长的将要到来的冬天？想到这儿，她甩掉凉鞋，顾不得地上的凉气，失落地坐在地上。她靠着墙，感到胃微微地疼起来。

她不想这样的，真的不想。

她、魏然、凌远，什么时候变成了现在这种关系？当年，大家在一起嘻嘻哈哈，上学放学，考试玩耍，心里干净得像阳光下刚洗过的白衬衫。现在是怎么了，怎么人长大了就变得这么复杂？爱情到底是个什么东西？她从未见过它半点美好，它却在岁月里偷走了她的两个好朋友。她只能看着他们离自己越来越远，为什么啊……

她不是对魏然一点感觉都没有。在魏然的手指碰到她的手指时，她能感受到他的温暖。可是，那是爱吗？那浅浅的感觉，那一触即散的感觉，怎么承受得住"爱"这个沉重的字眼？

她喜欢魏然做她的好朋友，这样她就不会失去他。也许，这是出于自己的私心。苏晨想得头要爆炸了，也想不到该如何去面对魏然。接下来的日子，他会不会生自己的气？会不会自此不再做她最知心的朋友，跟她分享生活里的喜怒哀乐？她不知道。狠下心拒绝并不是件容易的事情，但是将自己内心深处真实的想法说出来一定是伤害最小的做法。对此，苏晨不后悔。

苏晨不敢联系魏然，很担心他会伤心。事情因她而起，而解决的钥匙却不在她的手上。

钥匙在命运的手上，半点不由人。

苏晨叹了口气。

胃因为辣椒的刺激开始疼了起来，此刻，如果是往常，她会抓起手机打给魏然，跟他抱怨一番，疼痛就仿佛会因为另外一个人的知晓而减少。但是，现在她只能独自忍受。不过现在的她，已经不是那个懦弱的苏晨了，她靠自己的力量可以恢复。她多么希望，魏然也可以。

腿有点麻。苏晨站起来，到抽屉里面找到健胃消食片，吃下药，洗澡洗头，早早地躺在床上，闭上双眼，什么都不再去想，就用一夜安眠去迎接新的一天吧！

魏然，晚安。这一夜，痛苦是不是让你长大了呢？

然而，苏晨远远没有料到，事情并不像她想得那样简单。

第二十六章　酒精的力量

苏晨并不知道，在她睡着的时候，魏然从超市抱回了成打的啤酒。

他不知道该如何排解内心针刺般的痛苦，都说酒可消愁，他不知道多少酒可以缓解他的疼痛，就算不能缓解，至少可以暂时将他的疼痛麻醉。求而不得的失落不停地在身体里旋转，最后汇聚成一个黑洞，他感觉自己的魂魄被黑洞强大的力量吸进去，堕入无尽的深渊。他想喊，却发不出声音；想逃，却无路可逃。

一罐罐的啤酒灌下去，魏然开始眩晕。他坐在地板上，裸着上身，一边哭一边喝酒。他不记得自己曾有过如此痛苦的时刻，所以，就没有经验去处理这种时刻。当第十二个啤酒罐被捏扁，抛到房间的角落时，他感到胃里一阵翻腾，几乎是半跑半爬地到卫生间呕吐。由于喝得太急，胃开始剧烈地绞痛。吐到最后，胆汁都快吐出来了。折腾了一番后，他的身体没有一点力气，身体和思维都开始麻木，在还有意识的两秒内，他撑着站起来，扶着墙出了卫生间。接着，大脑一片空白……

一缕阳光透过窗帘的隙缝钻进阴暗的房间，照在魏然苍白的脸上。

他躺在地板上，蜷缩着身体，身边到处是被捏扁的啤酒罐，房间里充斥着浓重的酒气。阳光刺痛了他的双眼。他微微睁开眼睛，头很沉很痛，动了动身体，一股凉气刺痛他裸露的皮肤。他不知道现在是什么时候，只记得周日晚上回家后喝了很多酒，一罐接一罐……挣扎着坐起来，魏然感受到前所未有的凄凉。此刻，身边没有一个人，只有他自己。环视四周，他不知道他的心要安放在何处才能温暖起来。

抓起桌子上的闹钟，下午六点！他有点蒙，不知道是周一的六点，还是哪天的六点。他快速地翻出手机，上面有二十几个未接电话和N条短信。然后他看到显示的当前日期是"周一"，天！自己睡了整整一天！他迷迷糊糊的，仿佛前一刻还在喝酒，这一刻就醒来了。周一，好像有什么重要的事情要去完成。一想事情，他的头开始爆炸似的痛。他将双手插进头发里，静了一会儿，终于想起今天是项目验收的日期！魏然傻了。

单位定了周一要验收他所在项目组的最新项目成果，这个项目是魏然来公司的第一个项目，他负责讲演，而他错过了作为新人的第一次讲演。他呆呆地坐在地上，不知道自己将面临怎样的后果。这样严重的事件并没有将他的痛苦转移开，他胸口堵得厉害，几乎呼吸不到空气。魏然拉开窗帘，用一只手推开窗户，新鲜的空气扑鼻而来。他深吸一口气，傍晚的空气有点凉，令他头脑逐渐清晰起来。不管怎样，魏然之前对待工作都是很负责的，今天，他的同事不知道多么着急，不知道组里是谁替他做的讲演……他懒得去翻看短信，便打给了组长。嘟嘟声过后，是急切而充满气愤和疑惑的声音："魏然，你今天干吗去了？不来上班也不请假，你忘了今天下午的汇报吗？！你知不知道大家有多着急，你这个人怎么这么没有责任心！"那边劈头盖脸地骂过来。

"对不起。"魏然疲惫地吐出这三个字，那种窒息的感觉又一次袭来。

"对不起？一句对不起就了事了吗？你对我们组造成多坏的影响你知道吗？！你干吗去了？你说！说不明白这次你就别想再来上班了！"

"我喝多了，睡了一天。"魏然缓慢地说，声音嘶哑而低沉。

"你怎么了？你出什么事情了？"组长终于从魏然异于以往的声音里意识到了不妥。

"没什么，周日晚上喝了一打啤酒，没想到睡到刚才才起来。"

"啊？你干吗啊，喝那么多酒！碰上什么事了啊？"

"不想说。"魏然回答得很干脆。

"好吧，你不想说就算了。刚毕业总会碰上些事。但我希望你以后能以工作大局为重，解决自己的事情，不再耽误工作，知道吗？明天来上班，写份检讨报告！其他的事以后再说。"组长的声音终于缓和了一些。

"行。"

"你现在没事吧？要不要我去看看你啊？"组长关切地问。在公司里，魏然跟他的私交是最好的，只是在工作上，组长从来都是十分严肃和认真的，不管是多好的朋友。

"嗯，你来看看我吧。"魏然终于松口。

"你还没告诉我你家在哪里，我一直也没去过。我要是知道的话，早就冲过去把你叫醒了！"

"三洲金堂花园 2 幢 3304。"

挂了电话，他胡乱地扯了件衬衫穿上，摇摇晃晃地站起来。他走到洗手池前，看着镜子里无比颓废的自己：凌乱的头发，没刮的胡子，呆滞的眼神，苍白的面容。自己居然被折磨成这样。魏然挤出了一丝苦笑，这笑一闪而逝，他的心更痛了。苏晨，苏晨，苏晨……魏然想起了她的脸。

"咚咚咚"的敲门声响起，魏然拖着虚弱的身体去开了门，门外站着组长贺竹杨，他张大了嘴看着来开门的魏然。

"你怎么变成这样了？"贺竹杨惊呼。"失恋了？"他小心翼翼地追问了一句。

"进来吧。"魏然没有回答他的问题。

看到满地的啤酒罐，贺竹杨惊异了一下。在他的印象里，这个刚进公司不久的师弟是非常阳光的，整天都乐呵呵的。他这是怎么了呢？

看出了贺竹杨的疑惑，魏然坐在地上，慢慢地把事情讲了一遍，关于他和苏晨，关于那句"我们做一辈子的朋友"。贺竹杨听完，用手有力地拍了拍魏然的后背："兄弟，其实，这不是什么大不了的事，大街上随便抓个人估计都被拒绝过。你要坚强起来呀！"

魏然不看他，随手拿起最后一罐没开的啤酒。

"还喝呀！"贺竹杨一把将酒夺过去，"再喝你就废了！"说完他熟练地将酒打开，一饮而尽。贺竹杨的酒量是出了名的，这点酒对他而言像喝矿泉水。他怕魏然还要喝，先下手为强喝光了它。

魏然轻轻地叹了口气。

第二十七章　暴走的夜晚

　　酒精给了魏然一天的时间逃离原本的生活轨道。但是，再怎么醉，酒终究还是醒了，终究还是得回到现实中，接着之前的戏码，将这场演出的"暂停"键切换为"播放"键。

　　贺竹杨从外面买回了吃的、矿泉水，逼魏然吃东西。魏然并不感觉饿，推说吃不下。贺竹杨无奈地把买来的饭菜用魏然家里那个因很久不用而生锈了的平底锅热了一次又一次。最后，他说："魏然，你现在能不能感觉到饿，我不管；你现在的心情好了没有，我也不管。但是，你得吃饭，因为你的胃需要，你的身体需要，你的工作也需要。作为一个成年人，你除了要为自己的感情负责，也要为自己的工作负责。"

　　这一番话令魏然无言以对。

　　确实，因为自己的事情耽误了工作实属情非得已，也不是自己的本意。只是现在自己的魂魄都散了，还得强迫身体去工作，不就变成了一具行尸走肉吗？

　　"魏然，我知道你心里难受。可是你是个男人，你得有承受的能力！人哪里能想得到什么就得到什么呢？我们不是神！再说了，恐怕就是神也不能事事顺心，何况人呢？"

"我知道。也许我需要时间，毕竟，我喜欢她喜欢了那么久，让我一下子释怀怎么可能！"魏然瞪大了眼睛向贺竹杨大喊。

"我当然知道你需要时间，可是你得振作起来啊！你得工作啊，你就这么颓废着，不吃不喝就能释怀吗？你得放过你自己，你才能好起来，你明白吗？"贺竹杨一字一句耐心地安慰着处于失控状态的魏然，他知道，魏然需要发泄。

"不然我怎么办！你告诉我我该怎么办！我心里乱得像一锅粥，怎么去工作？我这样能工作吗？什么责任感，你以为我不知道吗！可是我现在很烦，我什么都不想做啊！"魏然的愤怒一触即发，他红着眼睛，双手揪住贺竹杨的衬衫领子嘶喊。贺竹杨没有阻止魏然，他的眼圈也渐渐变红，他的心也有点疼。过了一会儿，他看着魏然的眼泪簌簌落下。

两个红着眼睛的男人。

魏然像一头受伤的狮子，在流泪的那一刻，软了下来。魏然扭过头，不想让贺竹杨看到他的泪。

贺竹杨伸出一只手重重地拍了魏然的肩膀一下。

"兄弟，坚强点。作为男人，你的生活才刚刚开始。人们不是说浴火重生嘛，你死了一次，才能活过来。"

他递给魏然一张纸巾。魏然用力地擦了擦眼泪，抬起头，渐渐平复了心情。

"其实，我也经历过类似的事情。当时也是很难受的。现在想来，真是屁大点事啊。所以，什么是成熟啊，成熟就是很多年前让你觉得想去上吊的事，现在眼皮都不会眨一下。想当年，我也是这么痴情的。我喜欢的那个女孩很漂亮，也很高傲，我以为可以用自己的真诚去打动她，追了她整整两年，最后跟她表白的时候，你知道人家说什么吗？她说：'就凭你？哼！'唉，当年我可是为此自卑了很久，觉得自己除了长得矮点，脸上的痘多点，学习差点，家里条件次点，哪点不好啊？凭什么那么说我啊！"贺竹杨讲起当年的事情，仿佛顷刻间时光倒流，他绘声绘色，十分亢奋，语调也越来越高。

"杨哥，你这好像哪点都不怎么样啊，你还想怎么差啊……"魏然终于破涕为笑。

"是，我是不怎么样，但是至少哥有颗真心啊！"

"真心？这个太抽象了，又不能把你的心挖出来看看什么颜色！"魏然鄙视地笑道。

"所以啊，我的真心就这么被践踏了，有什么比这更伤人心的？唉！"贺竹杨叹了口气。

"杨哥，我们吃饭吧。"魏然站起来，走去厨房。

"你肯吃饭啦！太好了，看来我的说服力还是不错的，哈哈。就是嘛，天涯何处无芳草，吃饭吃饭！"贺竹杨十分开心，虽然自己编了一出故事，但是没想到效果这么好，魏然终于肯吃饭了。他慌忙走进厨房帮忙。

两个人吃了饭，贺竹杨拉着魏然出去散步。一天没出门，魏然感觉走起路来轻飘飘的。晚饭后的人们纷纷出来散步，魏然看到每个路人脸上洋溢着的幸福和悠闲自在，觉得有点刺眼。大家都那么幸福，我怎么就不行呢？我怎么就不行呢？

一路上，贺竹杨和魏然都没怎么讲话，默默地走路。有时候，朋友陪伴在身边，不需言语，却是最大的抚慰。

晚风习习，魏然脸上没有什么表情，夜幕下的繁华，似乎都与他无关。他沉浸在对过去的回忆中。回忆是个奇妙的东西，你越是不想去想，一些片段就越像决堤的洪水，泛滥成灾。

他们走了整整三个小时。绕着商业街走了一圈后，贺竹杨坚持去魏然家睡，说是陪他，其实是怕他再发疯，明天不去上班，那样的话谁都救不了他了，领导一定会放话："去财务室，拿钱，走人！"魏然是贺竹杨带的新人，他聪明、勤奋，贺竹杨打心眼里不希望看着他就这么颓废下去。于是，贺竹杨铁了心明天要带他去上班。

两个男人挤在一张单人床上，魏然一上床，人就不动了，大概是太累了。贺竹杨也累了，睡意袭来，鼾声响起。

苏晨这两天精神恍惚，她在担心魏然。但是她明白，现在这种时候是绝对不能联系魏然的。拒绝是把匕首，既然已经捅了他一刀，就不能再去招惹他，否则他永远都不会痊愈。这样狠下心来，苏晨感到自己的心在滴血。她真的不想失去魏然这个朋友。只是她对他，只有友谊。而且，两个人在不同的城市，虽然离得不远，但是距离毕竟是个很现实的问题，见惯了那些离婚案件中因为距离而疏远的当事人，她觉得自己的心仿佛还未年轻就在衰老了。想着想着，她的心就很乱。别人伤害自己，自己又去伤害别人。这世界，怎么是个轮回啊……

白天上班时，苏晨经常走神，为此写错了授权委托书上的电话号码，被领导骂了一顿。然而她却像着魔一样继续犯低级错误，连自己也不知道到底是怎么了。她止不住地写错标点，写下重复的句子，眼睛掠过一行行的字，却半点印象都留不下，检查也检查不出错。她开始慌了，因为她听到办公室里，师父在与人谈论她的表现为何这么异常。她开始着急。毕竟工作出错，是件很丢脸，也很让自己感到歉疚的事情。她到底是怎么了？拒绝别人的是自己，怎么自己还这么难受呢？自己拒绝别人伤心，被人拒绝还伤心，那还有不伤心的时候吗？怎么翻来覆去都是痛苦？

痛苦到底来自何处？来自人与人之间的联系吗？是不是断绝所有联系就能没有痛苦？从此，没有爱，没有恨，什么都没有？如果是这样的话，那人活着还有什么意义呢？苏晨趴在桌子上，被各种文件环绕，瘦小的她，缩在小西装里，显得那样单薄。她感到自己一无所有，此刻，没有一个人理解她，没有一个人可以给她安慰。她该给谁讲这些心事呢？

下班前，苏晨收到了李西文发来的短信，大意是约她晚上去参加中院举办的舞会。情绪低落的苏晨并没细细看完短信便回复了"好"，她需要一些事情分分神。

到了下班时间，苏晨懒懒地收拾了东西，慢慢地走出办公楼，大门口出现了一个熟悉的身影，居然是魏然！苏晨怔怔地站在原地，不知所措。

魏然朝她走来，说："这几天我过得不好，我想你也一样。你这么聪明，怎么会猜不透我的心思？我那天其实想问你能不能做我的女朋友，虽未问出口，但你已经回答我了。虽然不能做情侣，但是可以做朋友啊！不如我请你吃饭，安慰一下我受伤的心灵和你受惊的神经？"

苏晨笑了，一扫这几天的压抑。她终究还是败给了这个男孩，跟他比起来，她的格局太小了！

第二十八章　对不起，我只爱自己

魏然和苏晨彼此都释然了，做不了情人还能做朋友的感情，最纯洁无疑了。两个人都笑了，苏晨给了魏然一拳，魏然捂着自己的心脏说："你都伤了我的心，你还敢打我！"两个人正在彼此嘲笑着，由于开心，苏晨的笑声特别大。

苏晨的目光扫到对面的公交站，又发现一个熟悉的身影，那个人，是李西文。确切地说，是怀抱着一大束红玫瑰的李西文，他怔怔地立在那里，眼里的是受伤、不解，还有一丝愤怒……

苏晨的笑声，戛然而止。

魏然觉察到苏晨的不对，顺着她的目光直直地看过去，与李西文纠结的目光相触，三个人的目光打成一个结，谁也不知道该怎样打破这千年一遇的尴尬场面。李西文看魏然惊奇地看着他，转而看向苏晨；魏然惊奇地看了看李西文，也看向苏晨。最后苏晨感到两束目光在自己身上聚焦，再不发话，她觉得自己要被烤焦了。

"李西文，你、你怎么在这儿？"苏晨脱口而出，她实在想不出该说点什么，对于梦幻般出现的"王子"和那一大束显眼的红玫瑰，苏晨只感到神经绷紧，大脑开始缺氧，人也结巴了……

"我、我、我给你发短信说会来接你呀，你没看到吗？"李西文显然也结巴了。

"短信？"苏晨忙掏出手机翻出那条短息，看到信息结尾赫然写着"我下午在你们办公楼马路对面等你，不见不散"，天哪，她压根就没看到最后这句话。

"我没看到……对、对不起！"苏晨觉得脸开始发红发热。

"那……"李西文用眼睛快速瞟了苏晨旁边的魏然一眼。

"我……"魏然意识到了李西文的疑问，他想：你还想问我？我还没问你呢！这都怎么回事啊，苏晨不是不喜欢这小子吗？上次还让我假扮男朋友去气他。现在，听这情况，是跟苏晨约好了呀……这苏晨，难道后来又对他有意思了？

魏然在一旁盘算的时候，苏晨瘫痪的大脑开始高速运转，在她找不到个地缝钻进去的情况下，该如何化解这个局面。她知道，她对李西文不温不火的态度给了他一次又一次能追到她的希望，她拿他填补自己高傲而脆弱的自尊，现在报应来了，而且来得这么快。她甚至不知道自己为何处于现在这种境地之中，她之前的答应赴约代表了默许李西文拿着一大把玫瑰杵在她的办公楼下吗？

她知道自己这样不对，但是没想到错得这么离谱呀……

"这是李西文，这是魏然，你们上次都见过了，我就不介绍了。我答应今晚去参加你的舞会，但是确实没有看到你会来接我的那句话，让你久等了，对不起。"苏晨缓过神来，语言系统重新正常运转，她理顺了思绪，先介绍人，再道歉。

"没事没事，也没等多久的，才半个小时。你不要放在心上，这不怨你，是我应该提醒你一下的，你现在每天这么忙，哪能记得这么多事呀！"李西文谦卑得快低到泥土里的样子让苏晨的心揪得疼。她在心里说，我真的很想很想爱上你。可是，我试过了，没有用……

"哦，我也是刚才偶然碰到魏然，就把你的事给忘了，真是的，答应了你又忘了，真是太不对了！"

"对，我过来找苏晨前没有跟她说，也不知道原来她提前约了你，既然这样，你们去跳舞吧，我就先回去了！"

说罢，魏然故作轻松地看了眼苏晨，打算走。

"你站住。"苏晨冷静地说了三个字。

魏然愣住了。自己此时离开不是刚好替苏晨解围吗？她怎么……

"苏晨，你要是有事，今晚就不用去了，没有关系。"李西文看苏晨不让魏然走，以为潜台词就是让他走，他虽然有时憨憨的，但是头脑比谁都灵光。与其等苏晨赶他走，不如自己找个台阶下。说完，他转身抬腿迈步。

"你也站住！"

李西文迈出的脚还停在半空中，背后传来了苏晨比刚才那一声更响亮的命令。

两个都已转身的男孩不可思议地转回身来，诧异地看着苏晨，不知道苏晨到底想如何发落他们，难道三个人要在这人来人往的人行道上演一出关于"暧昧"与"穿帮"的戏码？

残阳似火，烤着大地，也烤着这三个年轻人。

第二十九章　伪君子和假小人

川城火锅店里，三个人分三边而坐，像一个三角形。

与周围热气腾腾的氛围相比，苏晨这桌的气氛像刚从冰箱里拿出来解冻的猪肉一样，带着冰碴与冷气。

苏晨用余光向左一瞟，李西文在对着桌子上的茶杯发呆，这是他惯用的沉默方式；再向右一瞟，碰上魏然正在瞟她的余光，两束目光相撞，苏晨心虚地收回目光。

"请问现在点菜吗？"服务员小妹热情地招呼，却没人回答她。

"那待会儿点菜时再叫我吧。"带着无限诧异离开的小妹还不时回头看这桌奇怪的客人。别人来吃火锅都是开心热闹的，这三个人，怎么好像来审讯似的。

猜得不错，这是两个男人对同一个女人的审讯。

十分钟后，苏晨轻轻拿起茶杯，喝下一口茶后说："我想有些话，现在是时候说了。"一字一句，缓慢而清晰。李西文和魏然同时抬起头，望着她。

"李西文，这位是魏然，你们见过的，上次你请我吃饭时，我带他去的。其实，他不是我男朋友，那次是骗你的。"

李西文愣住了，"那、那你们、你们现在……"

"我们只是好朋友，一直都是，今天他是来看我的。我没有看到你短信的最后一句，不是故意要放你鸽子的。这段时间，我心情不好，谢谢你一直给我安慰，但我们真的只能做朋友。如果我的某些行为令你误会，我向你道歉，是我太自私，利用了你的感情去弥补自己的孤独和空虚。我知道这很可耻，我不喜欢这样的自己，也不希望这样的自己给你带来更多的伤害。无论你是否原谅我，我都能理解。"苏晨慢慢地说，眼眶微微泛红。

"不不不，你别这么说，怎么用'可耻'这个词呢？哪有这么严重。如果真要用这个词，也该用到我身上。其实……其实我知道你不喜欢我，可是还是一直……唉，给你也造成了很多困扰，对不起！既然今天都说开了，那就算我们扯平了吧，你不要放在心上了。我们可以用另外一种关系来延续缘分呀，你看，你是律师，我是书记员，总还是要合作的，对吧？做朋友也好呀，呵呵，你不要难过了……"看到苏晨的眼泪在眼眶里打转，李西文语速也越来越快，还有点不知所措。

苏晨的确觉得难过，她难过的是自己伤害的人这样轻易地原谅了自己。她突然觉得自己才是道德上的伪君子，平时满口仁义道德，内心却不尽如此，不就是自己这种人吗？和李西文比起来，她觉得自己好渺小，好渺小。这个看起来有点傻的男孩明明知道自己被她耍了，还一如既往地喜欢她，此刻真相大白，还在拼命替她粉饰谎言的丑陋。她感到无地自容。

"魏然，上次你假扮我男朋友灌醉的人，就是他。"现在，轮到对魏然解释了。

"我们没有联系的这段时间，我挺难过的。今天本来答应了他去参加中院的舞会，你来了，我太高兴了，就一时忘了这个事了。"

"我都明白。"魏然说。他想，其实苏晨的私事，即使不跟他解释，他又有什么权力去干涉呢？

"好了，我都饿了，我们点菜吧，既然已经错过了你们舞会的时间，那就将错就错吧，我们吃火锅吧。上次把李同学灌倒了，太不好意思了，今天当赔罪吧！"魏然用愉悦的口气宣布。

"服务员，发挥你才能的时候到了！"魏然朝刚才的小妹大吼一声。苏晨和李西文也露出了开心的笑容，只是这笑容里有多少说不清道不明的情愫，只有他们自己知道。

一场风波，算是化解了。苏晨如释重负，感觉无比轻松。纠缠的关系和感情掏空了她的心，此刻，她的心又属于她自己了。是呀，她的心那么小，装得了多少暧昧和欺骗的谜团呢？

饭桌上，三个人饿瘪的胃都得到了极大的满足，有的事是说开了，至于消化，要慢慢来呢。

第三十章　情人路

饭罢，苏晨、魏然、李西文沿着海边的情人路慢悠悠地走。十二月的海风带着微咸扑面而来，每个人都把脖子紧紧地缩在外套里，天气真的冷起来了。海边的人不多，为数不多的情侣相依偎着从他们身边走过，甜蜜得让人嫉妒。

苏晨走得很慢，海风拍打着她单薄的衣衫，吹乱了她的头发。魏然和李西文在前面并肩走着，有说有笑，俨然已经成了好兄弟。苏晨没有注意他们的谈话，只是望着夜幕下的海面，海面灰蒙蒙的，看不清远处。这一刻，她却觉得心里很温暖。连日来的愁绪烟消云散，只剩这海风，吹得人冰凉，却十分清爽。

"大律师，想什么呢？又一个人走神了吧？"魏然回过头开玩笑地说。

"是呀，苏晨，怎么不说话？如此良辰美景，作首诗词如何？"李西文也插上一嘴，笑嘻嘻的。

"好呀，那就以你的痘痘为题作诗一首，献给共和国年轻有为的书记员！"苏晨不怀好意地接茬。她顿了顿，悠悠地吟道：

痘痘几时有，仰脸问青天。

不知明日开庭，几颗将出现。

一颗两颗三四颗，

五颗六颗七八颗，

颗颗风光无限！

"哈哈哈哈！"苏晨和魏然笑作一团。李西文一副惊恐的样子："不会吧！七八颗我的脸还不开花了呀？你也太狠了苏晨，我就说今天不能吃火锅的，这明天真冒出那么多痘痘怎么办呀？本来我天天做面膜都好得差不多了，这下前功尽弃了！"李西文从兜里掏出一面小镜子开始照，搜寻着痘痘的埋藏之处，看看脸上哪里有痘痘蓄势待发之征兆。

"不是吧，你还随身带着小镜子?! 你是不是男人啊！"魏然惊呼，并随即用力地捶了下李西文的后背，在这个东北男孩的眼中，李西文此举是多么不可思议啊！

李西文晃了一下，理直气壮地说："怎么了！哥当然是男人，男人就不能带镜子吗？男人也应该保养皮肤嘛。就兴女人对自己好一点，我们男人就不行呀？对了，魏然，我给你介绍一款面膜呀，男士专用的，特别好……"

魏然连忙做出投降的姿势，躲到苏晨身后，说："哥，你饶了我吧，求你了，我就不用保养了，你还是自己留着用吧！"

"那怎么行，好东西是要分享的嘛！你看看你的脸，严重缺水啊，糙得跟奇异果的皮似的！"

"啊？什么东西？奇异果是什么呀？"

"就是猕猴桃！"苏晨解释道，"广东把猕猴桃叫奇异果，黄瓜叫青瓜，茄子叫茄瓜，西红柿叫番茄。这些你得慢慢领悟。"

"啊！李西文，你说我的脸像猕猴桃？！我是猕猴桃，你就是苦瓜，哈哈哈！"魏然挑衅地说。

"苦瓜？啊，魏然，你这小子！"李西文过来打魏然，两个男孩大笑着追打成一团。李西文一反平日怯懦娇羞的仪态，显露出男孩狂野的一面。一直有点不喜广东男孩唯唯诺诺的苏晨，现在觉得其实李西文还挺可爱的。南北方男孩有着巨大的差异，作为北方女孩的苏晨习惯了北方男孩的爽快和直接，不太理解南方男孩的委婉和含蓄，现在看来，每个地域的人都有其独特的表达方式，只要是真诚的，都该受到尊重和理解。

苏晨看着身边两个大男孩嬉笑的模样，觉得他们如此可贵。在这海边，因为有他们，自己不再孤单，自己不仅仅是那个坚守梦想南下的苏晨，也因为他们有了新的身份——她是他们的朋友。他们是如此地宠爱着她，在这除了年轻一无所有的岁月里。

这亲情远离、爱情未至的岁月，友情就是取暖的炭。

锦上添花易，雪中送炭难啊。

这场博弈暂告段落，苏晨赢了，不是因为她有多么优秀，是他们让她赢了，赢得如此漂亮，让人感动。她终于听从了自己内心的声音，并且没有失去他们。

天气越来越冷了。

这是苏晨在南方的第五个冬天，好像比以往都要冷。广东的冷不同于家乡的冷，是阴冷，潮湿到常常一件衣服晾在外面一个星期都不干，心情也就常常像那衣服一样湿答答的，用手一拧，还可以拧出水来。

冬天来了，春天也不远了吧？

苏晨突然很想有个家。

每天可以敲门回家，不是用钥匙开门；早上睡懒觉时厨房里会传出锅碗瓢盆碰撞的声音；周末在家时有人陪自己一起看电视……这些简单的愿望，却不知道要等多久才能实现，以日计算，以月计算，还是以年计算？有家的人不觉得有家是个奢望，所以无法理解漂泊在外面的这些还没彻底长大的孩子的渴望。

正胡乱地想着，李西文像发现了新大陆一样喊着："苏晨，前面有个露天的广场，很多人在跳舞喔！"

苏晨顺着李西文手指的方向望过去，真的，有个小型的广场，很多大爷大妈在优雅地跳着华尔兹。"真的喔！"苏晨学着李西文的语气，把最后的"喔"字咬得很重，说话不怎么带语气词的她如今已习惯了广东普通话里的各种语气词，如喔、啦、喽、耶、咯。她问李西文："书记员同学，请问你们不说语气词，能不能说话？"

"不能，一定要说！"李西文一副郑重其事的样子，逗得魏然和苏晨狂笑不止。

"大律师，可否赏脸跟鄙人跳支舞呀？你看，今晚本来的舞会都没参加成，你得补偿我呀！"李西文绅士地伸出一只手。

"好呀，没问题，但是说好了，你可不能踩我脚，踩一下罚五十块钱！"

"你这脚可够贵的，李西文你带够跳完一首曲子的钱没有啊？"旁边的魏然煽风点火。

"我带银行卡了，绝对够了！魏然，今天你有眼福了，欣赏下小律师和小书记员拙劣的舞技！"

"谁拙劣啊，要拙劣也是你拙劣好不好？别带上我，我可是跳得很好的！"苏晨不干了，批评道。

"你俩去吧，让我也接受下艺术的熏陶，赶明儿也去学学，哈哈！"魏然催促道。

苏晨握住李西文白嫩的手，混在一大群大爷大妈里，随着凉凉的海风愉快地跳起了慢三。

多好的音乐，多好的晚上。

第三十一章　工伤

周六的上午，苏晨去采购生活用品。她拎着重重的购物袋，艰难地朝家的方向挪动。唉，这个月钱包又见底了。

一路走回家，开始起风了。苏晨尽量把自己缩在大衣里，但大风还是不留情面地抽打着她的脸庞，吹乱她的头发。苏晨心里暗想：这什么阴风啊，好像追着我吹，不把我吹倒不罢休似的。这时，手机响了，听着那嘈杂的铃声，加上风在耳旁吹起的口哨，她真有种抓狂的感觉。她艰难地从包里摸到手机掏出来一看，妈呀，是老板！她赶忙按下接听键，温柔地说："喂，啊？哦！"

这三个语气词不用解释，老板叫她回去加班改个顾问单位的合同。真是郁闷啊，这么大冷的天，这么……是的，即便心中很不情愿，班还是得加的。她一路逆风回到所里，打开电脑，电脑一如既往地慢，点一下足足五分钟没反应。对此，苏晨习以为常，早就练就了一颗波澜不惊的心。点进邮箱，打开合同，双眼如同红外线，迅速地一行行扫视下去。她拿着铅笔一个字一个字地看，看到最后，不得不佩服顾问单位的同志居然能把错误犯得这样淋漓尽致。例如"合同总价为人民币4800万元整（大写肆仟捌佰捌拾万圆整），"苏晨批注："大小写金额不一致，请核实后统一。"诸如此类。整整二百二十页的合同，改完已是傍晚，她伸了个懒腰，才发现自己几小时保持同一姿势没有变，已是浑身酸痛。站起来舒展下，扭了下脖子。突然"咔"的一声，脖子扭伤了，稍微一动就疼。苏晨心想，这下完了。

好不容易熬过了一晚，第二天早上还是很疼，于是她歪着头拿起手机，打电话给同事萍萍："亲，快来救我呀，我扭到脖子了，动不了了！"

萍萍的叔叔是专治跌打损伤的老中医，大家在受伤的时候总会想起萍萍。

在老中医的诊所里，坐着的是歪着脖子的苏晨，旁边还站着一直笑个不停的萍萍。

"亲，我说你加班也太卖力了吧，连人身安全都不顾啦？这可是工伤啊！"

"你有没有良心啊，我都这么惨了，你还在那儿幸灾乐祸。等哪天你也扭了脖子闪了腰，看我怎么笑话你，哼！"苏晨的脖子不能动，但嘴巴还是一如既往地不饶人。

"我这不是为你感到心痛嘛！陪你看病，陪你聊天，陪你谈心，小品里怎么说的，都快成'三陪'了，你还不满意！"

"孩子，我记得你挺纯真的啊，什么时候变低俗了呢？这思想水平越来越低了，还'三陪'，以后别用这个词了啊，不然别人以为我没把你教好呢！"苏晨听着这调皮的小丫头冒出"三陪"一词，霎时间感叹，"世风日下啊！"

正当两人贫得起劲时，老中医终于看完了别的病人，轮到苏晨看诊了。

"叔叔，这是我朋友，她扭到脖子了，你快帮她看看，她动不了啦！"萍萍急着向老中医汇报苏晨的病情。

"哦，萍萍的朋友啊。小姑娘，怎么扭到的啊？"中医跟西医就是不同，慈眉善目，不缓不急，不像西医，去看个病跟赶集一样，两分钟就轰走一个。

"哦，她加班，加了一天才完成，一激动，就这样了！"萍萍脱口而出，抢在苏晨前面讲。

苏晨朝萍萍瞪了一眼，诚恳地对老中医说："叔叔，我好几个小时没动，然后扭了下脖子，可能扭得有点猛，就这样了。"

"哦，没事。我给你开一服很好用的膏药，你用一个星期，保准活动自如。"

"啊？一个星期？那么久啊，有没有快一点的方法啊？就像电影里的，'咔'的一下扭过来行不行啊？"苏晨哀求道。一个星期都是这造型得多有挑战性啊。下周她还有个庭要开，这造型可能会吓着法官，以为来了个残障律师啊。

"哈哈哈，小姑娘，电影里那是夸张的表现方式，你又不是脱臼，怎么一下扭过来啊？你现在已经扭伤了，要用膏药消除炎症跟损伤才行。要像电影里的大侠那样，估计'咔'的一下你的脖子就断了！"老中医哈哈大笑。

电影真不是个好东西啊，苏晨心想。

"你们年轻人啊，就是不懂得爱惜身体，运动量太少，整天工作怎么行呢？不能仗着自己年轻就这么糟蹋身体啊！"

"是是是，您说得太对了，我以后一定好好锻炼身体！"

苏晨说。

两个人出了诊所的门，萍萍挽着苏晨的胳膊，拍了拍自己的包说："走吧，我们去你家做饭吃吧，我带了你爱吃的玉米呢。"

"啊？小姐，你用五百块钱买的包来装玉米？真想得开呀你，不怕弄脏了呀！"苏晨惊呼，她刚才丝毫没注意到萍萍背着的漂亮单肩挎包里装的是从菜市场买来的菜。

"包嘛，就是用来装东西的，难道我还把它供起来不成啊？好了，去你家，我做饭给你吃啊，谁让你是病人呢，贤惠的我发福利给你呗！"

"亲，你对我真好！"苏晨抓着萍萍的手，露出谄媚的笑容。

"天哪，你可真肉麻！"萍萍抽回自己的手，嫌弃地说。

"唉，要是有个男人给我做饭吃就好了，那我就更幸福了！"苏晨歪着脖子憧憬地说。

"还男人呢，有个女人就不错了，还那么挑。"萍萍一边说一边用手指点苏晨的头。

"哎哎，美女，别动我的头啊，我这负着伤呢！"苏晨马上叫疼。

"哦，对不起，忘了这事了！真是对不起，疼不疼啊？"

"我说不疼你相信吗？真是的！"

"当然相信了，也许是我叔叔医术高明，你不治而愈啊，嘿嘿！对了，我今天去菜市场买菜，发现玉米涨价好多哦！别的菜也涨价了。"

"这年头，物价就像身上的肉，长上来容易掉下去难啊！要是体重能一直像工资一样保持平稳状态，那我们的幸福指数该有多高啊！"

"哈哈，你最近是不是胖了一点？"

"何止一点啊，是很多点，胖了好几斤呢！我就纳闷了，以前我一郁闷，就会暴瘦；现在无论我怎么郁闷，内心多么纠结，身上的肉只长不掉。你说这是为什么呢？"

"说明你变强大了，一般的郁闷已经不足以让你暴瘦了，只有更大的郁闷才能发挥让你减肥的作用！"萍萍一本正经地分析道。

"啊，那我得把自己搞得再郁闷点，先减肥，然后再把自己搞愉悦，哈哈。"

"你就折磨你自己吧！今天中午我们煲排骨玉米汤吧，让你在郁闷前先愉悦一下。"

"同意！"

两个人愉快地回家做饭，同时八卦着身边的人和各种新闻。每当这时，苏晨就会觉得很快乐。除了不涨的工资和长得迅速的体重，其他一切目前都还好，该满足了。有稳定的工作，有一两个很好的朋友，还有时不时遇到的奇奇怪怪但却有趣的人和事，总算像个青春的样子了。

排骨玉米汤很好喝，喝饱了汤，她们找了部电影来看，才发现电影里已经是满眼的九零后。原来在不知不觉中，新一批少男少女已经悄然上台，绽放耀眼光彩。

第三十二章　孩子的秘密

齐明朗因为身子越来越沉，为了免遭学校里不必要的麻烦，已经办理了休学，安心养胎。这个决定是她过去的人生规划里从来都没有的，只是那个小生命就这样不挑拣时机地来了。凌远为了照顾她，在自己学校附近租了间小房子，两个人在简易的出租屋里，过起了甜蜜而简单的生活。只是这一切，齐明朗的父母还不知晓。

她已经有好几个月没有回家了。父母每次催促，她都以学业忙为理由。渐渐隆起的腹部告诉她，不能再瞒下去了，早晚要跟父母坦白。不然到时真的把孩子放在父母面前，告诉他们"这个就是你们的外孙"吗？父母会被吓晕吧！齐明朗的父母都是有名的医生，对齐明朗的管教尤其严格，就想这个宝贝女儿能够顺利地读完硕士读博士，将来做大学老师，成家生子。这是他们为她规划好的路，齐明朗对此也很认同。只是现在看来，这个计划要因为一个小生命而稍作变动了。总体不会变，但是顺序有点乱了。

随着时间一点点过去，齐明朗将做母亲的喜悦被很多现实问题一点点吞噬着。凌远又怎会不懂她的忧虑呢，然而他自己又何尝不是背负着层层的忧虑呢？

"明朗，你很久没回家了。这周末我有空，我陪你回家看看你父母吧，早晚都要回的。"凌远上课回来，体贴地为齐明朗捏着肩膀，在她耳边说。

齐明朗转过头望着凌远，眼里满是疑虑还有恐惧。

"你不要怕，小家伙的爸爸在这儿呢，我大不了给你父母磕头认错，请求他们的原谅。不管怎样，你都是他们的女儿。要是他们不反对，咱俩下个月就去领证，然后你名正言顺地把孩子生下来。我呢，虽然研究生还没毕业，但是已经一边跟导师研究课题，一边在外面兼职做项目了，养你和孩子绝对没问题。你什么都不用操心，安安心心把孩子生下来，然后回去读硕士，到时候咱俩一起毕业，带着孩子一起出国读博……"凌远还没讲完，齐明朗突然抱紧了他的脖子，把自己的小脸贴在他的胸膛上，泣不成声。

未来的一切，凌远都已为她想好，她还有什么可拒绝的呢？

第二天，凌远陪着齐明朗踏上了回家的旅途。一路上，凌远紧紧地搂着她的肩膀，生怕她受一点磕碰。她此时已经不是那个蹦蹦跳跳的小女孩了，她是个母亲了呢。

四个小时后，他们站在了齐明朗家的门前。

齐明朗低着头，像是在积攒敲门的勇气。凌远默默地握紧了她的手，静静地等待。

一阵沉默，空气仿佛都凝住了，齐明朗从来都没觉得即将敲响自己家门的这只手，如此沉重。

最终，她还是抬起了手臂，手指还没敲下，门却"吱呀"一声开了，吓了两个回家认错的人一大跳。开门的是齐明朗的爸爸。齐明朗看着爸爸一边开门一边冲里面喊道："老陈哪，快点啊，别磨蹭了！"他一转头，看见自己的女儿就在门外，惊喜之余立马意识到了女儿旁边还有一个人。齐爸爸因高兴而张开的嘴巴微微合了一下，望着这个挺拔帅气的男孩，马上明白了几分。

"爸爸，我回来了……"齐明朗迟疑地说了一句，此刻她的情绪出现了巨大的波动，她感到自己的心要跳出来了！

"回来了好呀，我跟你妈妈都想你了。这位是？"齐爸爸显然对这个陌生的男孩更有兴趣，急切地想确定未来女婿的身份。

"他是凌远，是、是我男朋友……"齐明朗如实说，脸开始发热。

"哎呀，好呀，叔叔欢迎你啊！快进来，别在门口站着了，多好的小伙子啊！"说着，齐爸爸拍着凌远的后背将他热情地让进屋里，对着卧室喊，"老陈，闺女回来了，快出来，你女婿来了！"齐明朗刚把门关上便听到老爸的这句话，立马感到血压噌地上去了，没想到老爸这么容易就接受了凌远，连"女婿"都叫上了！这可真是没想到的。唉，女婿可以接受，不知道能不能接受那个还没出来的……

"啊？！"卧室里的齐妈妈惊呼一声，隔着门都震天响，随即人冲了出来。

只见齐妈妈穿着一身大红旗袍，头发利索地绾在脑后，柳叶弯眉，朱唇微启，说句风韵犹存一点都不为过，她的精明和干练更是一目了然，此刻的她面对空降家中的女儿和这个被丈夫唤作"女婿"的男孩一时有点发愣，但很快就明白了。女儿带男朋友回来了！

"明朗，你回来也不事先打个电话啊？再晚点我跟你爸就出去参加你刘叔叔儿子的婚礼了！这位是？"

齐明朗跑过去跟妈妈拥抱了下，撒娇道："我男朋友凌远。"

"哦，快，快坐！"齐妈妈马上热情地招呼凌远坐下，又是拿水果，又是递茶水，显然是很喜爱这个透着书卷气的男孩。几个人开心地坐下，齐妈妈开始中国式丈母娘的调查问话：

"你现在是在读书，还是工作了呀？家是哪里的呀？家里有些什么人呀？哪个学校毕业的呀？……"

"妈，你一个一个问啊，一口气问这么多问题，让人家怎么回答啊？"齐明朗看着坐在沙发上两眼发光的父母，忍不住打断道。

"是是是，一个一个来，呵呵！你别见外啊，凌远，明朗第一次带男孩回家，我跟你齐叔叔都太高兴了，还没进入状态，嘿嘿。"

"阿姨哪里话。我还在读研究生，家是北方的……"凌远开始耐心地回答问题，一五一十，恨不得连家里的桌子长什么样都说了。

齐明朗之前的顾虑总算退去了一半，看来父母是极其喜欢凌远的，这就已经成功一半了。就是不知道另一半能不能这么顺利了。

她不禁轻轻抚摸了自己的肚子一下，这里面住着的这个小东西会不会像炸弹一样把眼前的幸福景象炸得面目全非呢？

晚饭期间，齐明朗一家在温暖的灯光下，享受着新成员加入的快乐。好吃的饭菜，轻松的谈话，亲人的笑脸，一切都刚刚好，直到这幸福的景象被齐明朗的孕吐打破，齐明朗的父母在慌乱中意外发现齐明朗怀孕了。老两口十分震惊，互相对视确认眼神，最终齐刷刷地看着齐明朗，再齐刷刷地看向凌远，像X光般扫射两个人心底的秘密。凌远心想：该来的还是来了。

"叔叔，阿姨，对不起，明朗怀孕了，孩子是我的。一切都是我的错，希望你们不要怪明朗。我这次来，就是希望叔叔和阿姨答应，把明朗嫁给我，让我来照顾他们母子！"凌远在桌下紧紧地握住明朗的手，感受到明朗因紧张在微微颤抖，手心在出汗。

齐明朗的父亲还在反应，母亲率先反应过来，她脸上的笑容僵了一下，但是毕竟是知识分子，未来丈母娘斥责未来女婿的戏码并未上演，她只是严肃地又不失温和地问齐明朗："女儿啊，是真的吗？"

一阵沉默。

起先，明朗低着头，因为从小到大都品学兼优的她，不知道如何面对父母失望的脸。最终，躲无可躲，她只能抬起头。

"是的，妈。但是，这不是凌远的错，他是为了保护我，才这样说。事情是这样的——"明朗坚定地望着父母，凌远握着她的手，让她感觉到了源源不断的力量，她决定不再退缩。

齐明朗用一个小时的时间讲述了事情的始末。

听到齐明朗被麦小洁抛弃，齐明朗的父亲气愤得握紧了拳头；听到齐明朗知道自己怀孕后离开了凌远，齐明朗的母亲眼角泛起了泪光，她不知道自己捧在手心里的女儿经历了这么多。凌远静静地听着，心疼地看着齐明朗，他的女孩长大了，在那一刻，他看着她把自己刚刚结痂的伤口揭开伤疤展示给大家看。

齐明朗的母亲站起来，走到齐明朗身边，把她的头搂过来，靠在自己的怀里，母女两个一起哭了起来。齐明朗心中的所有痛苦此刻都在母亲的胸口化开了。

齐明朗的父亲也走过来，握住凌远的手，拍了拍他的肩膀，齐爸爸没说一句话，全部言语都化作男人间这有力的一握、一拍。最后，四个人抱在一起，齐明朗终归还是那个被宠爱的孩子。她心里的冰山，彻底融化了。

他们最终商定，齐明朗和凌远的婚礼定在明年的四月份，那时候孩子也出生了，天气也暖了。凌远笑了，从来没有这么明媚过。

第三十三章　春运的硬座

春运是一场浩荡的"迁徙"。对于买不起飞机票的小白领来说，不挤掉几斤肉，是回不到温暖的家的。为了省钱给父母买礼物，苏晨决定坐火车硬座回去，只需要三百五十元，三十六小时，广州到长春。

奈何火车票难抢，发动办公室方圆两米范围内的所有同事一起帮忙抢，仍然一无所获，一票难求。一到放票时间，苏晨眼睛都不敢眨一下，0.1秒内，再刷新，票没了！

"真是邪门！"苏晨带着哭腔说道。票都哪去了？

正在发愁，魏然的电话来了："苏晨，要不要给你买火车票一起回家？"

"哇！你真是雪中送炭啊！我正在为这事发愁呢，你的电话就来了。"

"那是，我可是哆啦A梦，你想要的一切我都有哦！"

"你先给我买到票再吹牛也不迟呀！废话少说，我先把身份证号码发你，记得买硬座。"

"你疯啦！春运的硬座，大学四年还没坐够？"魏然惊呼，"我给你买卧铺吧！"

"不要！无功不受禄，就要硬座，你要买卧铺，我就不让你买了！"苏晨坚持。

"好好好？苏大小姐！我陪你一起坐硬座，行了吧？"魏然拿苏晨没有办法。

"行。只是，让你陪我坐硬座，有点不好意思。"

"拉倒吧，你不好意思的事那么多，不在乎这一件啦。再说了，你一个人我也不放心。"其实，魏然心里乐开了花，心里想的是可以和苏晨明目张胆地在一起待三十六个小时，多么难得的机会呀！

"好啦，快买票吧！"苏晨挂了电话，一股暖意涌上心头。她对魏然的感情，怎么说呢，自从拒绝过魏然后，她反而有点盼着和他相见。难道她就是这种欲擒故纵的女孩吗？嘴里说不喜欢，内心又想靠近，真的是因为空虚吗？唉，自己都搞不懂自己。

到年底了，法院各种案子集中开庭，可爱的法官们到了最终冲刺的时候，拼智力，拼体力。苏晨积极地应付各种案子，终于有了发挥才能的机会，师父让她在法庭上发言，从一开始的手足无措到表达流利，终于初步显现出一个律师的气质。师父非常满意，元旦这天，给了苏晨一个红包，表扬她最近的工作状态非常不错。

苏晨打开红包，偷偷一看，一千块。这对于苏晨，是一笔巨款。

苏晨的脸上终于绽放出笑容，忙活这么久，这一刻，之前经历的一切困扰、迷茫都值得了。她整理了一下小西装，走在路上，都觉得自己很"飒"！这就是她热爱的事业！

春运是一场大战。

在火车上，各个角落都站满了人，连厕所里都是人，每个人脸上都洋溢着回家的喜悦。过程是痛苦的，但前途是光明的！

在火车站，魏然见到了穿着白色大衣的苏晨。她扎着马尾，穿着蓝色牛仔裤、蓝色毛衣，在人群中，像一只温暖的小兔子，两个人见面，在拥挤群众的帮忙下，苏晨和魏然还没来得及打招呼，就被挤到了一起。苏晨从未离魏然这样近，她的头刚好到魏然下巴处，看不到他的脸，只能感觉到他的体温。没看到他的脸，却感觉他好像比之前帅。魏然一路护着苏晨，一手拎行李，好不容易上了火车，找到座位。苏晨坐下来，终于松了一口气，真不容易啊，看着车窗外面还在疯狂奔跑的人们，觉得有魏然在真好，起码自己不会被挤到飞起。魏然把两个人的行李安放妥当，从包里拿出一大包零食，有可乐、锅巴、薯条、果冻、瓜子，一一放在小桌上。

苏晨惊讶地说："大哥，你是来卖零食的吗？"

魏然得意道："给你吃的。长路漫漫，虽然我长得帅，但是连续看上三十六个小时，也会倒胃口。吃点零食，过得快点。"

"正合我意。"苏晨拆开一袋锅巴，开始吃起来。

"我说苏律师，你给我吃一块。"作为一个男人，魏然撒娇竟然十分自然。

"你自己没长手啊！"苏晨好笑地说。

"没有。"魏然把手背在身后，无辜地看着苏晨。

苏晨被他逗笑了，拿起一块锅巴塞进魏然嘴里："行了吧！"

"真好吃！"魏然开心地说。

火车缓缓地开了，火车上的零食小推车开始在车厢间穿梭。"香烟啤酒八宝粥，泡面瓜子火腿肠！让一下，让一下喽！"后面跟着一群上厕所的乘客。在这个形势下，要想成功挤到厕所门口，最省力的办法就是跟着这辆霹雳无敌小推车。

苏晨一直认为：真的勇士，敢于坐春运的硬座，如果要加一个距离——广州到长春。真应该增加一种刑罚——坐硬座！

吃吃喝喝，困了就睡，因为有了魏然的陪伴，这次旅程轻松愉快了很多。

大家聊天、吐槽，年轻人的话题无非是工作、老板、工资，各有各的烦心事，在一起吃泡面，非常欢乐。

苏晨起得太早，眼皮打架，周围的嘈杂声起到了催眠的作用。困意袭来，眼前变得越来越模糊。

一觉醒来，苏晨发现自己的头靠在了魏然的肩膀上，魏然也睡着了，头靠在她的头上，她可以感受到魏然均匀的呼吸，她有种怦然心动的感觉。天呀，要死了！自己一定是困坏了，狭小的空间，逼得人对身边的异性产生短期的依赖，嗯，一定是这样！

魏然嘴角扬起一丝不易被发现的微笑。其实他早就醒了，也感觉到苏晨醒了。他爱苏晨，他不想醒来，就想这样和她靠着，幸福的感觉流淌在血液中。

熬了三十六个小时，终于要到长春了。乘客们开始欢呼雀跃，同时分批拿着各种保暖设备冲向厕所。在南方，穿秋裤等同于和时尚作对，更别提毛裤之类了。但是东北的天气没有商量余地，除非想找死冻成冰棍。

魏然换完毛裤、毛衣回来，发现苏晨直直地看着他，红了脸。他不好意思地用手撩一下头发道："虽然我很帅，但是你这样盯着我看……"

"你的毛衣穿反了吧？"

"这是时尚！哥是在引领时尚！"魏然看了一下自己的毛衣，确实穿反了，哈哈哈。

"好吧，时尚你好！"苏醒揶揄他，周围的人也被他们逗得哈哈大笑。窗外白雪皑皑，是故乡的气息，苏晨仿佛可以闻到雪的寒气，不由得把围巾拉了一下。魏然见状，温柔地过来帮她重新围了一下。他的指尖碰到苏晨的脸，苏晨的耳朵有点发热，她没有拒绝，甚至有点期待，她赶紧假装看窗外。

第三十四章　母校的傍晚

终于到家了！家人热烈地欢迎了远方归来的游子，好吃的堆成山。苏晨睡了整整一天，第二天好像还在火车上一样，三十六个小时硬座的惯性还在。

回母校看看吧。苏晨吃饱饭，傍晚一个人溜达着来到了学校，这个她曾经奋斗三年的高中。此刻回到这里，还是那么亲切，门口的飞机模型还在，操场的主席台重新修葺过了。五年，真快啊。

苏晨坐在操场边的台阶上，托着下巴，望着校门口出神，高中、大学、毕业后的这两年，各种回忆交织着，渐渐地，魏然的身影不断闪现在她脑海中。自己怎么了？自己之前不喜欢他的，现在怎么总是想起他？

夕阳的余晖下，一个人的身影渐渐走近，越来越近，越来越眼熟，好像是魏然！苏晨揉了一下眼睛，心想：自己想的人居然出现了？

真的是魏然！

苏晨张大了嘴巴，十分震惊，不敢相信自己的眼睛。魏然比高中时成熟了许多，浓眉大眼，看苏晨的目光充满了爱意。夕阳把两个人的脸都镀上了一层柔和的金色。苏晨仰头望着魏然，心跳加速，一种微妙的感觉在两个人中间蔓延。

"我爱你。"魏然脱口而出，没有迟疑，干脆利落。

苏晨显然没料到魏然会这样说，一时愣在那里。

"我爱你，苏晨！"魏然看苏晨呆呆的，以为她没听清楚，又重复了一遍。他表面沉稳、平静，其实手心已经开始出汗。

"我、我……"苏晨开始变得结巴，脸开始红了，越来越红，她缓缓地站起身。

魏然一把将苏晨搂在怀里，几乎是同一时间，两个人都吓了一跳。这个动作本来不在魏然的计划里，虽然他幻想了无数次把这个自己从高一就喜欢的姑娘搂在怀里的感觉。今天，他不愿意放弃这个机会了，他孤注一掷了。

苏晨显然没有预料到，她的脸贴在魏然的心口，听到他的心扑通扑通跳动的声音，自己的心也快提到嗓子眼了。

"我从高一就开始喜欢你，但是我不能说，害怕影响你高考。大学四年，我们分隔两地，我不想牵制你，我想看你自由地飞翔，当然，我更害怕表白后会失去你。大学毕业后，我眼睁睁看着你被李西文追，我知道，我不能再沉默，我要告诉我喜欢的女孩，我爱你，爱你入骨髓！你曾经拒绝过我，我不奢求你现在答应我，但是我希望你知道，我爱你。我会在你身后，直到你某一天回头看到我。苏晨，你可以给我一张爱的号码牌吗？"魏然的声音通过他的身体传送给苏晨。

苏晨的眼泪在眼中打转，这样爱她的男孩，这一生，她还要谁呢?

她其实是爱他的,在火车上,她就发现了,而且越来越确定,直到今天,她完全确定她是爱他的。

是她忽略了自己对魏然的感受。毕业后对未来的迷茫,生活中的琐事,让她更多地把他当作倾诉的对象,而没有平静下来,听自己内心的声音。魏然现在义无反顾,不再试探,不留后路,所以她决定,不再回避。

苏晨从魏然的怀里抽出身来,平静地看着魏然,用手抚摸他硬朗的脸。魏然笑了,苏晨也笑了。苏晨搂住魏然的脖子,魏然低下头,两个人的额头抵在了一起。

夕阳下,他们笑得像两个孩子。

第三十五章　终于拿证啦

新的一年。苏晨有了魏然的陪伴，不再孤单，两个人都在努力地工作，为未来共同努力。

12 月 25 日，圣诞节的氛围笼罩着大街小巷，苏晨无暇欣赏各种圣诞树，今天上午十点，她要去律协参加一个重要的面试，一个决定她能否成为正式律师的面试。她紧张吗？有一点。司考，加上这一年来的历练，足以让她在任何考试面前做到稳如泰山。

轮到她时，被问到为何选择律师这个行业。

苏晨不假思索地答道："法律是维护社会秩序的工具，我想掌握这个工具，服务社会，服务他人，同时也让自己过上富足的生活。"

几个本来低头的面试官抬起头来，听惯"为了理想，为了梦想"等冠冕堂皇的理由，第一次听见这么实在的回答。

"请问你的父母从事什么工作？"

"我的父亲是一名下岗工人，我的母亲是家庭妇女。他们没有太多能力在工作上帮我，但是他们教会我做人要正直、努力。

我想当一名优秀的律师，回报我父母的养育之恩。"苏晨不卑不亢地回答道。

面试官问："别的行业也能实现你的梦想，为何偏偏选择律师行业呢？"

"法律完美地结合了理科的逻辑、文科的感性、音乐的韵律，再加上法院的威严和律师袍穿在身上的气势，满足了我对一个职业所有的美好想象。所以我爱法律，我要做社会的法律服务工作者，帮助更多的人实现他们对'理'的追求，让更多的人感受法律的美感。"苏晨两眼发光，在这样一个严肃的面试场合，大谈文学、音乐，暴露了一个文学女青年的倔强。

几个面试官听了，不仅没有不高兴，反而都笑了，他们在苏晨身上感受到了她对这个职业发自内心的喜爱和热情，虽然还很稚嫩。

苏晨又回答了几个专业问题，愉快地结束了面试，踏着轻快的步伐离开了司法局。

一个月后，她收到了律师执业证。这个深棕色的小本本，凝聚了她多少的心血呀！四年本科，通过司法考试，到处找律所实习，从最初的小白，被师父骂，被当事人为难，被书记员笑话，被法官鄙视，到现在可以面不改色地上庭。这一切心酸，都在拿到这个小本的一刻，得到了最好的回报。

晚上，苏晨和魏然两个人出去庆祝了一番，还是四川火锅。苏晨忙着接工作电话，她现在已经开始和其他律师合作办案了，虽然自己作为新人干全部的活，只能拿百分之五的报酬，但是毕竟律师行业案源是稀缺资源，有案子做是第一步，有机会历练是首要的，其次才是拿多少钱的问题。

　　魏然一边把煮熟的菜和肉夹到她碗里，一边笑意盈盈地看着苏晨的律师证。

　　苏晨挂了电话，开始狼吞虎咽地吃起来，魏然悠悠地说："我们苏大律师这么快就进入角色了，厉害呀！"

　　"那是，小伙子，以后如果你工作不开心，姐可以养你哟！"苏晨用手捏了下魏然的下巴，用调戏的口吻说道。

　　魏然马上放下筷子，一本正经地说："姐，包养吗？那我今天就跟你回家好不好？"

　　"你今天就干不下去啦？"苏晨好笑地说。

　　"人家不想放弃被你包养的机会嘛！"魏然想学小鸟依人，奈何身高不允许，只能"大鹏黏人"，把头埋在苏晨的头发里，顺势亲了苏晨一下。苏晨打了他一下，说："要死啦！我嘴上都是油！"

　　"红油是火锅的灵魂，你是我的灵魂。"魏然搂着苏晨的肩膀深情地说。

　　"那好吧，现在你的灵魂要吃那个肉丸，麻烦你帮我夹一下呗！"苏晨又捏了一下他的下巴，撒娇地说道。

　　"好，保证完成任务！"

　　现在，一碗肉丸都在苏晨的面前了，苏晨感觉很满足，爱人的陪伴，好吃的食物，通往律师行业大门的通行证，都在这里了。对于一个二十三岁的姑娘来说，有了这些，还要什么呢？

第三十六章　海边婚礼

明朗的婚礼，在海边举行。

海风吹拂，阳光明媚，白色玫瑰花装饰的心形门，一切都如此完美。最重要的是，齐明朗身边站着她爱的那个男人，凌远。

没有请太多人，只有包括苏晨、魏然在内的少数亲友出席了齐明朗和凌远的婚礼，还有一个神秘的小家伙，就是齐明朗的宝宝。小家伙十分可爱，齐明朗的妈妈抱在怀里，大伙儿都围在边上赞美这个大眼睛的小宝贝。大家理所当然地以为新郎新娘是奉子成婚，虽然顺序有点不对，但是不影响圆满的结局。

上午十点，婚礼正式开始。

伴随着清新舒缓的钢琴曲《月光下的云海》，一对璧人缓缓登场，大家都转过头望着两人微笑，待他们走近，才发现这不是新郎和新娘！哈哈！原来是作为伴娘和伴郎的苏晨和魏然率先亮相！齐明朗的父母和凌远的父母都笑了。

苏晨今天化了淡妆，穿着一袭淡紫色的纱裙，两条薄纱从胸前交叉绕到颈后打了一个蝴蝶结后垂到腰间。在阳光下，苏晨笑意盈盈的样子真是美极了！她一手提着裙子，一手挽着魏然的胳膊，两个人瞬间聚焦了现场所有宾客的目光。魏然看了下苏晨，她真美呀，等到她做他的新娘的那一天，她会更加美丽吧！

苏晨和魏然登上仪式台，分别站在舞台两侧。之后凌远登台，站在中央等待新娘出场。

此时《婚礼进行曲》正式响起。

齐明朗身穿一袭白色一字肩的鱼尾婚纱，脸上洋溢着幸福的笑容。她一步步地向前，终于走到了凌远面前。凌远穿着一身深蓝色的西装，打着领结，英气勃发。他终于娶到他心爱的明朗啦！

在主持人的主持下，婚礼有条不紊地进行。

"明朗，你愿意嫁给我吗？"齐明朗和凌远相对而立，凌远因为紧张，声音有点颤抖。

齐明朗的眼睛湿润了，随后坚定地笑着说："我愿意！"

宾客都站起来齐声鼓掌。在凌远为齐明朗戴戒指的时候，苏晨发现，有个穿着服务员制服的男子躲在心形门后面一直偷偷地盯着齐明朗看，鬼鬼祟祟的。他戴着圆框眼镜，脸很好看。这个人是谁呢，难道是来闹事的？

苏晨给魏然使了个眼色，魏然马上会意。等到齐明朗和凌远拥抱在一起，现场气氛最热烈的时候，苏晨和魏然分别从舞台两侧绕到场地后面，那个男子早就不知去向，人太多，一时不知去哪里找。

苏晨对魏然说："你说那个人是谁呢？"

魏然想了一会儿，说："你见过麦小洁吗？"

"什么，是他?! 他来干什么？当时把明朗伤得那么深，这会儿来做什么？"苏晨说到这里，声调都提起来了。

"嘘! 大小姐，小点声，一会儿让明朗和凌远听到，今天这大喜日子岂不是要被这个渣男破坏了？"

"说得对! 说得对! 那我们现在怎么办？"苏晨焦急地说，眼看着齐明朗和凌远就要下来了。

"我们分头找，就这么几分钟，肯定没走远，你在这里找，我出去看看，谁先找到了就打电话。"魏然说。

"好!"苏晨点头。

二人正打算分头行动，突然有个人拍了一下苏晨的背。苏晨回头一看，吓了一大跳，正是他们要找的那个人。

"我知道你们在找我，我就是麦小洁。别害怕，我不是来砸场子的。我们找个安静的地方，聊一聊吧。"

"聊你妹!"苏晨顾不得淑女风范，上去揪住麦小洁的领子就想打，魏然赶紧把两个人拉开。

"苏晨，不能动手，免得惊动大家，我们去那边!"魏然拉着这两个人来到一个僻静的角落。

"你想说什么，快说，说完滚蛋!"魏然松开手。

"我、我当时抛弃齐明朗是我不对，那个时候，我不懂得珍惜她，后来也很后悔，只是不好意思回来找她。我知道她肯定为此受了不少苦……"麦小洁略带愧疚地说。

"你什么都不用说了，你也看到了，现在齐明朗很幸福，不管你是真心悔悟，还是假装的，如果你真的爱过她，就请你消失，成全她的幸福。"魏然说，同时拉住要揍麦小洁的苏晨。

"是的，我没想打扰她的生活，只是，我听说她有孩子了，她的孩子会不会是……"

"是你的又怎么样，你今天是来抢孩子的？怪不得低眉顺眼的！齐明朗生孩子的时候你在哪里，她崩溃的时候你在哪里？你除了'贡献'一颗精子，还'贡献'了什么？现在跑来抢孩子，你嫌明朗受的打击不够多吗？"

苏晨越说越生气，魏然一个没拉住，她一个耳光打在麦小洁脸上。

"这一巴掌，是我替明朗打的，你欺负她，她没机会教训你，我来！"说着又扬起了手。麦小洁马上求饶，躲到魏然身后，魏然一闪，又一个巴掌重重落在了麦小洁脸上。

"苏晨，你误会了，我不是来抢孩子的。我虽然是渣男，但是我当时是真的喜欢齐明朗，只是，我还年轻，我没办法只喜欢她一个。人难道不能同时喜欢两个人吗？"

"你放屁！你以为自己是皇上，选妃呢？"这回魏然也火了，他揪住麦小洁的领子，上去就是一拳。

"大哥，大哥，我错了！你别打了！"麦小洁的脸立马肿了。这时他的手机响了，他忍住疼痛接了电话："妈，我马上就到机场了，您别急。"

"你走不走？"魏然又扬起了拳头。

"走走走，其实我今天就是来看看，我马上要和父母移民加拿大了。听同学说齐明朗今天结婚，我就想来再看她一眼，毕竟当年是我不对。"

"用不着假惺惺的，你消失就是对明朗最好的道歉了！"苏晨说。

"行，我也知道自己不受欢迎，我走了。"

望着麦小洁远去的身影，苏晨对魏然说："你看，明朗受了那么多的委屈，就只换来一句轻飘飘的对不起，真是不公平。"

"这个世界上哪有绝对的公平呢？齐明朗当时离开凌远，难道凌远不伤心吗？好啦，现在有情人终成眷属，之前的伤害也值了！"魏然安慰苏晨。

"你们俩怎么跑到这里来了？我到处找你们呢！"齐明朗和凌远从远处走过来。

"是是是，我们这伴娘伴郎太不称职了！没什么，我们回去吧！"苏晨给魏然使了一个"不准乱说话"的眼色，拉着齐明朗走了，剩下魏然和凌远在后面。

"刚才是麦小洁吧？"凌远说。

"你咋知道的？"魏然十分惊讶。

"我在舞台上就发现这个人不对，也看到你和苏晨跑去找他。我在明朗那里看到过这个人的照片，所以认识。他来干什么？"

"他要和父母移民加拿大，临走前来忏悔的。"

"忏悔？这么有良心？"

"哪里是有良心，估计是来看看齐明朗最后嫁的人是怎么样的，来找优越感吧。"

"那就好。"

"啊？"

"不是来找麻烦的就好。对了，他提起孩子的事了吗？"凌远担心地问。

"提了，苏晨告诉他了。不过你不用担心，他不是来抢孩子的，显然他没打算负责，花花公子一个，所以你放心，这个秘密随着他远走高飞了。等孩子长大，找个合适的时机再告诉孩子吧。

你现在就是孩子的父亲，陪他长大，他就只认你。"魏然宽慰道。

"嗯，谢谢你和苏晨，帮我和明朗处理了这件事。我真的不想让明朗再受伤害了。"凌远握住魏然的手说。

"你们两个说什么悄悄话呢？"齐明朗回头粲然一笑。

"说你今天真美，说我何其有幸，能娶到你！"凌远这个理工男说起赞美之词还真顺溜。大家都笑了。

四个人走在海边，风又一次吹来。迎着金灿灿的阳光，两个女孩踢着浪花，两个男孩在身后看着她们，多想就这样看一辈子！

年轻真好，奋斗真好。

我们终于完成了承诺，化成了风，穿越了所有荆棘。

后　记

　　2010年，我毕业后进入律所工作，业余时间萌生了写小说的想法，记录一下二十多岁时的一些感受和体会，主要是一些情绪的宣泄吧，综合着迷茫、焦虑、快乐、伤痛、孤独。青春无非就是这些东西吧。

　　2011年动笔，一边写一边在一个网站连载，因为各种原因，网站多次闭站，小说也就搁置了。

　　2012年，我写完了《苏醒的晨光》（原名《实习律师苏晨的美丽生活》），那个时候还沉浸在学生时期的一些幻想与纠结中，身份也处于学生到社会人士的转换之中，一个人远离家乡在广东打拼，对于孤独的体会尤其深刻。现在看来，当时的一些想法是十分青涩和幼稚的，但是我想记录当时真实的感受，留给以后自己的孩子看看，你妈妈的青春就是这样的，也是一件挺有意义的事。这就是我最初和如今的想法。

　　写完《苏醒的晨光》之后，我就把这事给忘了，毕竟这不是我的主业。中间有七年的时间，我忙着结婚、生子、买房、买车，中间还穿插着多次跳槽，在折腾自己这件事上不遗余力。

直到2018年，我从万科辞职，历经五年企业法务工作后，重新回到律师行业，作为独立执业的律师，每天睁开眼睛先问自己三个问题：我是谁？我有没有案源？我能不能赚钱？当然，说得好听点就是：我是一名律师，我要提升自身的专业能力，实现自身价值，推动中国法治建设。但是对于青年律师来说最重要的，首先是生存问题。不赚钱，吃啥？不赚钱，喝啥？吃喝都成问题了，你还嘚瑟啥？短短两年的时间，我对青年律师的处境有了深刻而崭新的认识，思想也重新放飞，想着再写一部反映青年律师生存现状的小说，但是写什么、怎么写，一直犹豫不决。看着电视上律政剧中律师自带秘书和司机的光鲜亮丽，我突然灵光一闪，就写律师的心酸，当然心酸中带着欢乐。这不就是我们的生活吗？这不就是中国式的青春吗？说写就写。2019年是我频繁出差的一年，总共飞了五十几趟。在机场候机的时候，一边吹着机场的空调冻得瑟瑟发抖，一边狂敲键盘，一会儿眼角泛泪花，一会儿突然大笑，旁边的人向我投来惊异的目光。但是我不在乎，我感到极大的快乐，在小说里导演别人的人生，这件事太有乐趣了。用了十五天的时间，我写完了《穿铠甲的男人》。之前总是从女性视角看问题，这回我尝试转换身份，从男性视角看问题，这样如果写得不好，别人也不会说我自恋。

2020年，我决定将两部小说合在一起出版，出版流程一波三折，感谢本书的编辑曹甜不厌其烦地修改。我一直认为文学和音乐更接近人类文明的本质，那就是情感的表达与宣泄。甚至还会幻想着自己的小说可以改编为影视剧，让更多的人看到。当然，这并不妨碍我热爱法律，它散发着艺术的美感，也是我安身立命的本钱。在我看来，不必过于强调分类与独立，因为万事万物都是相通的。

如果你说：作为一个法律人，没写出什么法学专著，却捣鼓起风花雪月的小说了，会不会感到羞愧？我只好说：急什么，我的下半场，才刚刚开始呀！

2020年9月16日中午于珠海光大国贸中心